अंतस का अरूणोदय

अंतस का अरूणोदय

दिव्यार्थ सिंह/मानस भारतीय

KALPAZ

अंतस का अरूणोदय

ISBN : 978-93-5128-073-6

Price : 250

भारत में सन् 2014 में प्रकाशित
कल्पाज पब्लिकेशन्स
सी-30, सत्यवती नगर,
दिल्ली-110052
ईमेल-kalpaz@hotmail.com

लेजर टाइप सैटिंग : सान्य कप्प्यूटर, दिल्ली

प्रिंटिंग प्रैस : चावला ऑफसेट प्रिन्टर, दिल्ली

विषय सूची

अंतस का अरूणोदय

(आध्यात्मिक–धार्मिक–नीतिगत–सामाजिक जिज्ञासाओं का–संभव समाधान)

सहज नहीं है जानना

- एक धर्म–जिसके तुम अनुयायी हो।
- एक जीवन–जिसका तुम अंत हो।
- एक शरीर–जिसके लिए तुम अनजाने हो।
- एक मौत–जो हर रोज तुम्हारी ओर बढ़ रही है।
- एक मन–जिसकी इच्छा कभी पूरी नहीं होती।
- एक प्रेम–जो सदैव संदेह से घिरा है।
- एक मोह–जिसे समय एक दिन तोड़ देगा।
- एक यात्रा–जो मंजिल से पहले अधूरी रह जाती है।
- एक घर–जिसमें तुम पराये हो।
- एक खजाना–जो कभी तुम्हारे हाथ नहीं लगता।
- एक उजाला–जो सदैव अंधेरों से घिरा है।
- एक ज्ञान–जिसका कोई अन्त नहीं।
- एक क्रोध–जो तुम्हारा ही घर जलाता है।
- एक आनंद–जिसमें तुम कभी नहीं उतरते।
- एक ईश्वर–जिसके लिए सब पारदर्शी है।

दो शब्द

जीवन के प्रति जो व्यक्ति सजग है, वह जीवन के बारे में मनन जरूर करता है। मनःपटल पर उठने वाली बहुत सारी जिज्ञासायें ऐसी हैं, जिनका उत्तर सहज संसार में मिल जाता है। लेकिन कुछ जिज्ञासायें ऐसी भी होती हैं, जिनका उत्तर नहीं मिलता। और यदि मिलता भी है, तो भ्रमित करने वाला। आपको प्यास लगी। पानी मिला। लेकिन पानी पी न सके। क्योंकि पानी समुद्र के जल जैसा खारा था। आप खारा पानी मिलने पर प्यासे ही रह जाते हैं। प्यास लगे और पीने को मीठा पानी मिले। तभी तो प्यास मिटती है। अन्तस की प्यास भी ऐसे ही है।

शरीर, संसार, ईश्वर, मोह, माया, जन्म, मरण, सुख, दुःख, पाप, पुण्य ऐसे विषय हैं जिनके बारे में जानने की इच्छा प्रत्येक सजग मन की होती है। जिज्ञासा रखना मनुष्य की जीवंतता का प्रमाण है। जिज्ञासा होगी तभी तो किसी निष्कर्ष पर पहुँचा जा सकेगा। किसी के धक्के से चलने पर गन्तव्य तक कभी नहीं पहुँचा जा सकता। स्वयं के कदम उठाकर चलने पर ही गन्तव्य तक पहुँचा जा सकता है।

जिज्ञासा करना अंधेरे से निकलकर एक अद्भुत प्रकाश की ओर गमन है।

आज के समय में ज्ञान की गंगायें बहुत बहने लगी हैं। और ये गंगायें हिमालय से नहीं बल्कि अलग-अलग जगह उभरी चोटियों से निकल रही हैं। लोग आँख बंद कर, ऐसी गंगाओं के किनारे टिक कर, अपने को तृप्त करना चाहते हैं। इनको पता नहीं, ऐसी गंगाओं में मीठा और निर्मल जल नहीं बल्कि अज्ञान का मलिन और खारा जल प्रवाहित हो रहा है। ऐसे जल को लोग अनजाने में पी तो लेते हैं, पर उगल भी जल्दी देते हैं।

किसी पाखंडी के पास आप स्वयं चलकर जाओ या किसी के सुझाने पर जाओ, मिलता तो अज्ञान और अंधविश्वास ही है।

आजकल बड़े-बड़े पाखंडी धर्म की बड़ी अजीबोगरीब व्याख्यायें करते हैं। गीता के ज्ञान और रामायण के आदर्शों को, मनोरंजन का विषय बनाने में अंशमात्र भी हिचक ऐसे लोगों को नहीं होती। लोग बड़ी संख्या में मजमा लगाकर खूब तालियाँ पीटते हैं। और समझते हैं साक्षात ईश्वर के सानिध्य में पहुँच गये। सही समय पर सही शरण मिल गई। अन्यथा तो जीवन व्यर्थ चला जाता। ऐसे पाखंडियों को दान-दक्षिणा के रूप में, उनके एसो-आराम के लिए, मोटी रकम देकर अपने आप को बड़ा दानी समझने लगते हैं। मन में लगता है,

जैसे ऐसा दान करके वे दानवीर कर्ण से भी दो कदम आगे निकल गये हैं। कभी नहीं सोचते कि उनका दान एक अधर्मी द्वारा कैसे अधर्म के काम आएगा। ऐशोआराम और अय्यासी का साधन बनता है ऐसा दान। बेशुमार दौलत आसानी से इकट्ठी होती रहती है ऐसे पाखंडियों के पास। धर्म के क्षेत्र में ऐसे रिक्त लोगों को क्यों हम परिपूर्ण मान लेते हैं?

जो वास्तव में धर्म गुरू हैं उन्हें धन-दौलत, भीड़-भाड़ और सांसारिक वस्तुओं के आकर्षण से क्या लगाव। हर बार, हर स्थान पर हर भीड़ में चिल्ला–चिल्लाकर कहते हैं–जीवन में सुखी रहना है तो मोह-माया का त्याग करो। पर क्या ऐसे ढोंगी धर्म-गुरू अपने आप को मोह–माया से बचाये हुए हैं? स्वयं तो मोह-माया के दल-दल में अथाह डूबे हैं और दूसरों को कहते हैं, इस दल-दल से बचिये। यदि दल-दल में फँसे तो डूब जाओगे, मर जाओगे।

कथनी और करनी के इस विरोधाभास ने लोगों को भ्रमित करके छोड़ दिया है। अनेक ज्ञान गंगायें ऐसे ही पाखंडियों की चोटी से निकलकर बह रही हैं, जिनके आकर्षण से लोग बचना भी चाहें तो बच नहीं सकते। अन्ततः आपको इस भ्रमित करने वाले जाल से निकलना ही होगा। पर निकलते-निकलते कहीं ऐसा न हो कि बहुत देर हो जाय। और इंतजार करने से पहले ही जीवन का खेत उजड़ जाय।

मैं नहीं कहता कि इस संसार, या ईश्वर, या व्यक्तियों की प्रकृति के बारे में जो भी मैं सोचता हूँ, वह शत-प्रतिशत सही हो। किन्तु कटु अनुभव और गहन मनन के बाद, ईश्वरीय कृपा से जैसा मुझे सूझता है, वह कुछ तो सही होगा ही, ऐसा मेरा विश्वास है। इसी विश्वास को मैंने आपके साथ बाँटने का प्रयास किया है। आपके हिसाब से यह सही भी हो सकता है और गलत भी। आपका निश्चल मन एक कसौटी है। अच्छे-बुरे को परखने की क्षमता है उसमें। अज्ञान का लोहा है तो फेंक दीजिए। ज्ञान का सोना है तो आभूषण की नाईं पास रखिये, अपने अनमोल जीवन को संवारने के लिए।

– मानस भारतीय

अनुरोध

संसार में कोई भी चीज स्थिर और स्थाई नहीं है। धार्मिक-सामाजिक और नैतिक मूल्यों में एक अन्तराल के पश्चात् परिवर्तन आता है। यह परिवर्तन स्वाभाविक एवम् निश्चित है। जड़-चेतन दोनों को समय परिवर्तित अवश्य करता है। अन्तर है तो केवल 'कम-अधिक' समय का। पुराने का नया और नये का पुराना होना एक चक्र के समान है। इस चक्र को ईश्वर अपनी इच्छा के अनुसार, प्राकृतिक घटनाओं के माध्यम से गतिमान रखता है। ऐसी घटनायें समय-समय पर अनेक रूपों में घटित होती रहती हैं।

संसार के भोगों में जो व्यक्ति पूर्णतया लिप्त है, वह जीवन पर्यन्त नहीं समझ पाता कि ऐसा परिवर्तन क्यों होता है, किसके द्वारा होता है। किन्तु जो व्यक्ति संसार में पूर्णतया लिप्त नहीं है वह अवश्य ऐसे परिवर्तन को महसूस करता है और इस बारे में जानने की जिज्ञासा जरूर रखता है। और यही जानने की जिज्ञासा ऐसे व्यक्तियों की सोच को नया आयाम देती हैं। ऐसे व्यक्तियों की प्रारम्भिक जिज्ञासू सोच रफ्तः रफ्तः विशद होने लगती है। और एक दिन वे ऐसे मुकाम पर पहुँच चुके होते हैं जहाँ से ईश्वर का विहंगम दृश्य उन्हें अनुभव होंने लगता है। बहुत सारी जिज्ञासाओं का हल फिर स्वतः ही सहज हो जाता है।

जैसे कोई पंछी डाल पर बैठा पंख फड़फड़ाता है तो ऊपर की ओर उड़ने लगता है और विशद धरातल का आकार, ज्यों-ज्यों वह ऊपर जाता है, त्यों-त्यों उसकी आँखों में सिमटकर दिखने लगता है। मनुष्य के विचारों की उड़ान भी ऐसे ही है। विचार व्यक्ति के ज्ञान को बढ़ाते हैं और ज्ञान जीवन की गुत्थियों को सुलझाता है।

जैसे शरीर के एक छोटे हिस्से में इत्र लगाने से पूरे शरीर में सुगन्धी फैल जाती है वैसे ही मन के ऊपर ज्ञान का इत्र लेपने से पूरा जीवन महकने लगता है।

नीचे खड़े रहकर सीढ़ियां गिनते रहने से आप ऊपर कभी नहीं जा सकते। ऊपर जाने के लिए एक-एक सीढ़ी आपको चढ़ना ही होगा। और ये सीढ़ी ज्ञान की सीढ़ियाँ हैं। मन को इस संशय से मत मारते रहिये, कि इन सीढ़ियों के चढ़ने से क्या होगा? यह विश्वास आप अपने में दृढ़ करियेगा, कि सीढ़ियाँ चढ़ने से लाभ अवश्य होगा। और लाभ भी अन्य लाभों से एकदम अनूठा।

दीया है, दीये में बाती भी है, तेल भी दीये में बहुत है। यदि दीये में आग नहीं है तो सब व्यर्थ है। मन के दीये में ज्ञान की ज्योति प्रज्वलित करना भी ऐसे ही है। और यह ज्योति सद्साहित्य के अध्ययन, मनन और अनुगमन से ही संभव है।

'अंतस का अरूणोदय' आपके समक्ष प्रस्तुत पुस्तक की विषय वस्तु कतिपय आध्यात्मिक-धार्मिक-सामाजिक और नीतिगत जिज्ञासाओं का एक रूचिकर एवम् अनूठा संकलन है। ऐसी जिज्ञासायें जो 'बोध-संचारिका' (आध्यात्मिक, धार्मिक, सामाजिक) पत्रिका के स्थाई स्तम्भ 'जिज्ञासा-एक विचार मंच' में नियमित रूप से छपती रही हैं। अनुरोध है, आपके जहन में भी कोई ऐसी जिज्ञासा पल रही है तो समाधान के लिए हमें निःसंकोच प्रेषित करियेगा। पत्रिका के माध्यम से संभव समाधान–आपको अवश्य भेजा जाएगा।

– शकुन्तला सिंह (संपादक)

बोध-संचारिका
6, राधाकृष्ण नगर,
जयपुर–302005

1 हँसते-हँसते मन क्यों रोये?

जिज्ञासा

मैं हमेशा हँसते रहना चाहता हूँ, पर कभी-कभी कुछ बातों को लेकर अपने आप को बहुत प्रयास के बाद भी दुःखी होने से नहीं रोक पाता, ऐसा क्यों?

– संभव समाधान –

एक व्यक्ति था। धार्मिक भी था और उसे इस बात का घमंड भी था– कि वह बड़ा धार्मिक है। एक बार उसने एक साधू को अपने घर पर भोजन के लिए आमंत्रित किया। बड़े उत्साह से उसने साधू के लिए भोजन की तैयारी की। जितने भी बढ़िया पकवान वह बना सकता था– उसने बनवाये। बार-बार उस व्यक्ति के मन में यह बात आ रही थी, कि साधू को उसके जैसा भोजन तो आजतक किसी ने कराया नहीं होगा। उस व्यक्ति के घर में एक सोने की थाली थी। सोचा, साधू को सोने की थाली में भोजन परोसना चाहिए। बहुत बरसों से थाली को संभाल के रखा हुआ था। कभी किसी को उस थाली में भोजन नहीं कराया गया था। छुपाकर रखा हुआ था थाली को। घर में कभी चूहे रहे होंगे, सो थाली में एक जगह चूहे ने मैला कर रखा था। बड़ा गुमान था, उस व्यक्ति को उस सोने की थाली का। सोने की थाली में कभी अशुद्धता तो हो ही नहीं सकती। बड़ा विश्वास था उस व्यक्ति को सोने की पवित्रता पर, सो वह थाली को धोना ही भूल गया।

खैर, नियत समय पर साधू महाराज भोजन के लिए पधारे। भोजन उसी सोने की थाली में परोसा गया। बड़ी-बड़ी तैयारियाँ की गयी थी भोजन की, सो भोजन तो स्वादिष्ट होना ही था। घी की ताजा-ताजा पूड़ियों की सुगंध साधू के नथुनों में उतरे जा रही थी। फूले नहीं समा रहा था वह व्यक्ति साधू को भोजन परोसते हुए। एक तो स्वादिष्ट भोजन और दूसरे चमकती हुई सोने की थाली।

बार-बार उस व्यक्ति के ख्यालों में सोने की थाली घूमे जा रही थी। उसकी सोच में बार-बार आ रहा था– बेचारे साधू ने कहाँ देखी होगी सोने की थाली, दोंने-पत्तों में खाता रहा होगा अब तक, या बर्तन में भी खाया होगा तो लोहे या मिट्‌टी के में। सोने की थाली तो सपनों में भी न देखी होगी बेचारे ने।

साधू महाराज के सामने जब भोजन से सजी-सजाई थाली सामने आई तो दुर्भाग्य से उस साधू की नजर पहले पहल उस चूहे के मैले पर ही पड़ी। और जो साधू ने चूहे का मैला सोने की थाली में चिपका देखा, तो सारा भोजन का स्वाद उसकी कल्पना में से जाता रहा। अब तो साधू की हालत यह हो गयी कि एक ग्रास भी वह उस थाली से उठाकर नहीं खा सकता था।

वह व्यक्ति बार-बार साधू महाराज से भोजन करने का आग्रह किये जाता था और साधू महाराज उस थाली में परोसे भोजन से पीछा छुड़ाने की युक्ति सोचे जाते थे। साधू को पूरी थाली में न कहीं खीर नजर आ रही थी न पूड़ियाँ, अगर कुछ नजर आ रहा था तो उस थाली के एक कोने में चिपका हुआ चूहे का मैला।

यही आपके साथ है। आपकी हँसी आपके दुःख से ग्रसित है। आपकी दृष्टि भी स्वादिष्ट भोजन और सोने की थाली पर होते हुए भी दुःख रूपी चूहे के मैले से नहीं हट पा रही। जब चूहे का मैला आपकी दृष्टि से ओझल होगा तो फिर आप भोजन भी देख सकेंगे और थाली भी। यही आपके लिए हमेशा हंसते रहने का मंत्र है।

धुंध के दीप — मानस भारतीय

हवा में उड़ने वाले की नजर रेंगने वाले पर नहीं होती, किन्तु रेंगने वाले की नजर हवा में उड़ने वाले पर जरूर होती है।

-- ❧ --

दूर से देखने पर कोई चीज अच्छी दिख रही है, पास आने पर वही चीज बुरी भी हो सकती है।

-- ❧ --

2 भजन भीड़ में अच्छा लागे

जिज्ञासा

जब भीड़ हो तो भजन करने की इच्छा अधिक होती है। एकान्त में तो भजन होता ही नहीं। क्यों....?

– संभव समाधान –

एक शहर में बड़ा सा पंडाल लगवाया गया। ऊंची स्टेज बनवायी गयी। स्थानीय अखबारों और अन्य साधनों से आस-पास की बस्तियों में खूब प्रचार कराया गया। एक बहुत ही पहुँची महान आत्मा का सत्संग शहर में होने जा रहा है– चर्चायें जोरों पर थीं।

नियत समय पर स्टेज को सुगंधित फूलों से सजाया गया। आसन पर जो व्यक्ति विराजमान थे, उनके बारे में लोगों का मानना था, कि जब ये पलक बंद करके ध्यान में जाते हैं, तो साक्षात भगवान से इनकी भेंट होती है। और इस भेंट के दौरान जो वार्तालाप होता है– वही इन योगी जी का प्रवचन है। बड़ा प्रचार-प्रसार कराया गया इस अद्‌भुत चमत्कारी प्रवचन का।

प्रवचन आरम्भ करने का समय हुआ तो योगी जी ने देखा, इतने बड़े पंडाल में इक्के-दुक्के भक्त ही दिखाई दे रहे थे। उनमें से अधिक तो बाबा की मंडली के ही चेले थे। यह देख बड़ी चिन्ता होने लगी योगी जी को।

चमत्कारी प्रवचन का समय तो तय था सो ज्यादा इन्तजार भी करना मुश्किल था। आरम्भ हुआ योगी बाबा का चमत्कारी प्रवचन। बाबा ने सबसे पहले सम्मेलन में आये व्यक्तियों का अभिवादन किया। तत्पश्चात् गले में पड़ी माला का सुमिरन किया। थोड़ी भूमिका बनाई और पलकें बंद करके बाबा बड़बड़ाने लगे– हे ईश्वर मुझ दास पर कृपा करो। क्यों इतने कठोर बने हो। मुझे दर्शन दो। मैं अभागा हूँ। मैं पापी हूँ। मुझ गरीब को दर्शन दो– प्रभु, कहाँ छुपे हो। मैं कब से तुम्हारे इन्तजार में हूँ– आदि-आदि।

योगी जी यह सब विलाप करते जाते और बीच-बीच में हौले से पलक खोलकर पंडाल पर नजर भी मार लेते, कि भीड़ में कुछ इजाफा हुआ है या नहीं। यह सब करते-करते जब एक घंटा बीत गया तो, एक चेले ने गुरू के कानों में हौले से कहा– "गुरू जी कुछ आगे बढ़ो, लोग जो आये हैं ऊब कर वे भी जाने की सोच रहे हैं।" गुरू ने अचकचे से पलक फड़फड़ाये और देखा, बहुत सारे लोग एक साथ पंडाल में प्रवेश कर रहे हैं। उनमें अधिक संख्या स्त्रियों की थी। यह देख गुरु बाबा ने तुरंत पलकें बंद कर लीं और चेले को इशारे में कुछ आदेश दिया। बाबा पुनः बड़बड़ाने लगे। अब बड़बड़ाने में जोश कुछ अधिक था। आवाज भी ऊंची थी। "बड़ी देर कर दी प्रभु आपने आने में– मैं कब से आपकी प्रतीक्षा में गली-गली भटक रहा हूँ– अन्तरयामी आप तो मेरी व्यथा भली-भाँति समझते हैं।" और जब पंडाल भीड़ से भर गया तो योगी जी बड़े भाव-विभोर होकर प्रभु के चरणों में रूदन करने का स्वांग करने लगे। उसी समय चेले ने गुरूजी को प्याज के अर्क में डूबी हुई रूई चुपके से थमा दी। गुरू ने तुरंत रूई को बड़ी चालाकी से आँखों पर फेर लिया। अब तो आँखों से अश्रु-धार बहने लगी। अब भीड़ के समक्ष, योगी महाराज की आँखों से बहने वाली अश्रु-धारा प्रमाणित कर रही थी इस प्रभु-मिलन के अद्भुत प्रवचन को। यह देख सारा पंडाल तालियों से गूंज उठा।

यही रहस्य है भीड़ में भजन करने की इच्छा का। यह न कोई भजन है। और न ही इसे भगवान के लिए किया जा रहा है। यह तो स्वयं के लिए की जाने वाली नौटंकी है, जिसे भीड़ में खेलकर भोले-भाले लोगों को बेवकूफ बनाया जाता है। जैसे, एकान्त में ढोंगी योगी के प्रभु रूठे रहते हैं और भीड़ के बढ़ते ही नंगे पैर दौड़े चले आते हैं, वैसे ही भीड़ होने पर भजन करने की इच्छा प्रबल हो जाती है। क्योंकि यह भजन करने का स्वांग अधिक से अधिक भीड़ को दिखाना है। ऐसी नौटंकी करने वालों के लिए अपनी सच्ची श्रद्धा की बलि मत दीजिये। यह श्रद्धा भगवान को आप स्वयं सीधे-सीधे अर्पित करेंगे तो आपकी भक्ति अधिक फलित होगी। भक्ति के लिए भाव जरूरी है न कि ढ़ोंग।

3 स्वार्थ असीमित भक्ति सीमित

जिज्ञासा

जब तक स्वार्थ है, तब तक सेवा है। भगवान में भी श्रद्धा स्वार्थ-सिद्धी के बाद ही कुछ होती है। निःस्वार्थ भक्ति करना तो जैसे रेत की गठरी बाँधना है। आज-कल मंदिरों में भी, भगवान पर फूल बाद में चढ़ाते हैं, माँगों की फेहरिस्त पहले भेंट की जाती है। ऐसे भक्तों को क्या कुछ प्राप्ति होती है?

– संभव समाधान –

पूजा करके आप कभी संतुष्ट नहीं होते। संतुष्ट तो तभी होते हैं जब उस पूजा के बदले आपको कुछ मिल जाता है। मिलना भी वही चाहिए जो आपने मांगा है। कुछ और मिल गया तो भी आपके हिसाब से पूजा बेकार ही है। मंदिर जाने से पहले, हजारों बार इस बात का स्मरण होता है, कि अब तक भगवान पर पूजा का भार कितना चढ़ा चुके हैं। और उसके बदले में भगवान अब तक क्या-क्या दे चुके हैं। जैसे कि एक सूदखोर दिन-रात सोचता रहता है, कि उसने अमुक कर्जदार को मूलधन क्या दिया और उस मूलधन पर ब्याज कितना हो चुका। भगवान के मंदिर में पूजा भी एक मूलधन के रूप में ही है। अब भगवान से पूरी उम्मीद है कि वह इस मूलधन की एक-एक पाई सूद के साथ लौटाये। यदि इस चुकारे में कोई घटत होती है, या विलम्ब होता है, तो ऐसे भक्तों के लिए भगवान को भी बेईमान कहने में अधिक समय नहीं लगता। पूजा के बदले फल तुरंत नहीं मिलता तो बेचैनी होती है। विश्वास टूटने लगता है। आस्था घट जाती है। अनेक संदेह मन में आने लगते हैं। कहीं भगवान हमारे भक्ति रूपी मूलधन को ही न डकार जाये। यदि ऐसा हुआ तो इन पत्थर के देवता से वसूली कैसे होगी। कोई लिखत-पढ़त भी नहीं है। कोई हस्ताक्षर या अंगूठा भी नहीं करवा सके इस पत्थर के भगवान से।

ऐसे पूजा करने वालों की हालत तो यह है कि, इनको एक-एक पूजा के बदले चार-चार फलों की आशा है। यदि भगवान इस पर खरे नहीं उतरतें हैं तो, ऐसे भक्तों का मन कुछ ही दिनों के बाद, पूजा के लिए खिन्नता से भर जाता है। फिर ऐसे लोग गली-गली जने-जने से कहते फिरते हैं, कि भगवान कुछ नहीं हैं। धर्म का कोई अर्थ नहीं है। आस्था रखना या पूजा करना सब ढ़ोंग है। और न जाने क्या-क्या। यदि मालिन की सब्जी, मंडी में रोज बिके और भरपूर मुनाफा हो, तो मालिन उस मंडी का बड़ा गुनगान करती है। वैसे ही स्वार्थी भक्त को, पूजा के बदले रोज कुछ न कुछ मिलता रहे, तो ईश्वर ही ईश्वर गाता फिरता है।

एक व्यक्ति को सट्टे खेलने का बड़ा शौक था। रोज कुछ न कुछ सट्टा वह जरूर लगाता था। किसी दिन बाजी जीत जाता, किसी दिन बाजी हार जाता। ऐसा करते-करते उसे काफी दिन गुजर गए, किन्तु कोई विशेष लाभ उसको अब तक नहीं हुआ था। एक बार उसको किसी ने खबर दी, कि जंगल में एक साधू ठहरे हैं, जो सट्टे का बड़ा सटीक नम्बर बताते हैं। वह व्यक्ति तुरन्त साधू के पास पहुँचा और बातों-बातों में साधू से सट्टे का नम्बर जान लिया। जब उसी नम्बर पर सट्टा खुला तो साधू पर उसको पूरा विश्वास हो गया। उसने मन ही मन विचार किया, ये तो बड़े काम के साधू हैं। अब तो उसने निश्चय किया, क्यों न ऐसी महान आत्मा को अपने धर पर ही लाकर रखा जाय। साधू को घर पर लाकर रखने से कोई दूसरा व्यक्ति सट्टे का फायदा नहीं उठा सकेगा और सट्टे का अधिक से अधिक लाभ उसे ही मिलता रहेगा।

बड़ी अनुनय-विनय की उस व्यक्ति ने साधू से घर चलने की। और अन्ततः वह अपने उद्देश्य में सफल हुआ। साधू को बड़े आदर-सत्कार के साथ उसने अपने घर में स्थान दिया। बड़ा भक्ति भाव रखने लगा वह साधू के प्रति। घर के सभी सदस्यों को आदेश दिया, साधू महाराज की सेवा सुश्रुषा में किसी प्रकार की कोई कमी नहीं रहनी चाहिए।

अब तो वह व्यक्ति रोज साधू से सट्टे का नम्बर लेता और सफल होता। फायदे पर फायदा होने लगा। पहले सैंकड़ों का फायदा फिर हजारों का और फिर लाखों का। अब तो उस व्यक्ति की खुशी का कोई ठिकाना नहीं था। उसको तो लग रहा था जैसे भगवान से भी बड़ी कोई शक्ति उसके घर में विराजमान है।

कुछ ही दिनों में साधू ने उस व्यक्ति की भावना को समझ लिया कि, यह सब सेवा-भाव स्वार्थवश है। और यदि यही क्रम चलता रहा, तो यह व्यक्ति आसानी से उसका पीछा नहीं छोड़ने वाला। इतना बड़ा लाभ होने पर भी यदि यह व्यक्ति संतुष्ट नहीं हो पा रहा, तो अब यह संतुष्ट होने वाला भी नहीं। साधू उस लालची और स्वार्थी व्यक्ति से पीछा छुड़ाने की युक्ति सोचने लगा।

साधू ने अब उस व्यक्ति को सट्टे के गलत नम्बर बताने आरम्भ किये। वह व्यक्ति गलत नम्बर लगाकर रोज कुछ न कुछ हारने लगा। थोड़े ही दिनों में उस व्यक्ति ने जो कमाया था वह सब गंवा दिया। अब तो उसको साधू पर बड़ा गुस्सा आने लगा। साधू को कभी-कभी भला-बुरा भी कह डालता। कभी-कभी साधू को खाने-पीने के लिए भी नहीं पूछता।

साधू ने भी निश्चय किया कि, इस व्यक्ति का बहरूपियापन आखिरी स्तर तक देखना चाहिए। एक दिन उस साधू ने बड़ा जोर देकर उस व्यक्ति को एक नम्बर दिया, और विश्वास दिलाया कि इस नम्बर पर आज जरूर सट्टा खुलेगा। और यह भी सलाह दी कि आज रकम भी मोटी लगानी है। साधू के कहे अनुसार उस व्यक्ति ने उस नम्बर पर बड़ी रकम लगाई। लेकिन आज भी परिणाम प्रतिकूल गया और सट्टे में कुछ हाथ नहीं लगा। अब तो उस व्यक्ति को अपनी

हार पर कम, साधू पर ज्यादा गुस्सा आने लगा। वह आपे से बाहर होकर गुस्से के मारे लाल-पीला होने लगा।

उस व्यक्ति ने दृढ़ निश्चय किया, आज वह उस पाखंडी बाबाजी को छोड़ेगा नहीं। उसकी जटाओं के एक-एक बाल नोंच डालेगा। जो भी नुकसान उसका अब तक हुआ है, उसकी भरपाई साधू से ही करके रहेगा। गुस्से में आग-बबूला हुआ वह व्यक्ति जैसे ही घर के अंदर घुसा, वह साधू पर जोर-जोर से चीखने लगा– "अरे ढोंगी! बाहर निकल। मैं तुझे आज जिंदा नहीं छोडूंगा। तूने मुझे बर्बाद कर दिया। लखपति से खकपति बना दिया मुझको।" तभी उसकी पत्नी ने पास आकर उस व्यक्ति को बताया– "अजी इतना क्यों चिल्ला रहे हो? साधू महाराज तो आपके जाने के तुरंत बाद ही घर छोड़कर चले गये।"

अब तो उस व्यक्ति ने अपना माथा ठोंक लिया। करे तो क्या करे? आखिर इस बर्बादी का बदला किससे ले। इस समय वह भूल गया था कि, सट्टे में लाखों का फायदा भी तो उसी साधू ने कराया था। यदि वह इतने लाभ के बाद भी संतुष्ट नहीं हुआ, तो दोष किसका है?

श्रद्धा या भक्ति जब स्वार्थ से लिप्त होती है, तो उससे आत्मसंतुष्टि कभी नहीं मिलती। चाहे ऐसी श्रद्धा किसी इंसान के प्रति हो या भगवान के! फर्क कोई नहीं पड़ता। आत्म-संतुष्टि के लिए निःस्वार्थ भाव बहुत जरूरी है।

धुंध के दीप – मानस भारतीय

जरूरत के समय काम आने वाले व्यक्ति को, जितना जल्दी तुम महान कहते हो, जरूरत पूरी होने पर, उतनी ही जल्दी उसे बेईमान कहने में, तनिक नहीं हिचकते।

-- --

4 पापी को यहां पाप सुधारे

जिज्ञासा

कुछ लोग समर्थ होते हुए भी गुनाह करने से डरते हैं। कुछ समर्थ नहीं हैं फिर भी गुनाह करने से नहीं चूकते। पाप करने वालों को सीख की बातें एकदम उल्टी लगती हैं। क्या उपाय है ऐसे मूढ़ लोगों को सही रास्ते पर लाने का?

– संभव समाधान –

गुनाह करने के लिए गुनाहगार तब तक स्वतंत्र है, जब तक उसको अपने ऊपर कोई गुनाह होने का भय नहीं है। बड़े आत्मविश्वास से ऐसे लोग कहते हैं– मैं कुछ भी करूँ, कोई मेरा क्या कर लेगा। यही बेखौफ सोच उसको अनियंत्रित किये है।

जब आपको लगता है कि चोरी करने पर आपके यहाँ भी चोरी हो सकती है, या किसी को थप्पड़ मारने पर आपको भी थप्पड़ मारा जा सकता है– तो आप इस बात पर जरूर गौर करेंगे, कि चोरी या थप्पड़ मारने का काम किया जाय या नहीं। करूँ या न करूँ– इस उधेड़बुन में आपका मन खो जाएगा। और नतीजा– फिर शायद ही चोरी या थप्पड़ मारने की आप हिम्मत जुटा पायें।

जहाँ जैसे को तैसा मिलने की संभावना नहीं है, वहाँ व्यक्ति कुछ भी करने को स्वतंत्र है। यदि मन में यह सोच आ जाय, कि मैं कुछ भी कर लूँ और मेरा कुछ भी नहीं होगा, तो व्यक्ति निरंकुश हो जाता है। रावण का सा अहंकार, उसके मन में बलिष्ठ होकर, अच्छे-बुरे में अन्तर करने के विवेक को कमजोर कर देता है। जो वह कर रहा है– एकदम सही है– यह एक तरफा सोच उस व्यक्ति के जहन में बहुत दृढ़ हो जाती है। ऐसा व्यक्ति फिर पूर्ण रूप से अनियंत्रित होकर कुछ भी करने को स्वतंत्र है– चोरी, हत्या, अपहरण, बलात्कार और भी जघन्य से जघन्यतर पाप।

औरों के समझाने से आप उतना नहीं समझते, जितना आप स्वयं के समझाने से समझते हैं। यह स्वयं को समझाने का प्रभावशाली कदम तभी उठ पाता है, जब आपके मन को कोई गहरे से झकझोड़ता है। यह झकझोड़ने का कार्य– किसी के द्वारा की गयी कटु आलोचना, तिरस्कार, अपशब्द या कोई ऐसी ही क्रिया हो सकती है। ऐसी घटना के बाद, सब कुछ बदल जाता है पल भर में, जिसे आप जीवन भर नहीं बदलना चाहते थे। या यूँ समझें जैसे, डूबते हुए व्यक्ति को किसी ने धक्का देकर, झटके से किनारे पर ला पटका हो।

एक प्रसंग इस संदर्भ में याद आता है। एक व्यक्ति था। उसको वेश्यालय जाने की बुरी आदत लग गई थी। जो भी वह कमाता था सब कुछ नर्तकी या वेश्याओं पर लुटा देता था। उसके घर में एक लड़का और सुशील-सुंदर पत्नी थी। सब कुछ अच्छा-भला था फिर भी उस व्यक्ति को घर में कुछ अच्छा नहीं दिखाई देता था। स्वर्ग जैसे सुख से विमुख हुआ वह मूढ़, नरक में डूबकर अपने आपको बड़ा संतुष्ट मानता था।

उसकी पत्नी ने, ऐसी बुरी आदत छोड़ने के लिए बहुत समझाया। रिश्तेदार एवम् यार-दोस्तों ने भी बड़ी कोशिश की उसे समझाने की, किन्तु उसके ऊपर किसी का कोई असर नहीं हुआ। ऐसा चलते-चलते घर के हालात बड़े दयनीय होने लगे। कभी-कभी तो घर वालों को भूखा ही सोना पड़ता था। जब भी उसकी पत्नी घर के बुरे हालातों का जिक्र करती, तो वह निर्दयता से पत्नी को मार-पीटकर शांत कर देता। आखिर सबने हार मानकर, उसके अन्दर किसी प्रकार के सुधार की उम्मीद छोड़ दी। पत्नी भी अपने बुरे भाग्य को कोसती हुई रोती रहती।

एक दिन उसके बेटे को तेज बुखार हुआ। घर में फूटी कौड़ी भी नहीं थी, इसलिए बेचारी माँ कोई दवा-दारू का भी प्रबंध नहीं कर सकती थी। वह बेबश, बेटे की हालत देख-देखकर रोने लगी। उसकी आँखों से आँसू निरन्तर बह रहे थे। पति का कोई ठिकाना नहीं था। रात होने पर भी जब उसका पति घर नहीं लौटा, तो उसने समझ लिया, आज भी वह वेश्यालय गया होगा।

बच्चे की बिगड़ती हालत उससे देखी नहीं जा रही थी। अचानक उसके मन में एक विचार आया, और उसी विचार को अंजाम देने के लिए प्रथम उसने अपनी आँखों से आंसू पोंछे। थोड़ा साज-सिंगार किया। और तड़क-भड़क वाले कपड़े पहनकर, वह उसी वेश्यालय पहुँच गयी, जहां उसका पति आने वाला था। जिधर वेश्याओं की कतार लगी थी, उस कतार में वह भी एक ओर खड़ी हो

गयी। उसका आकर्षण अन्य स्त्रियों की तुलना में कई गुना बढ़ा-चढ़ा था। सभी लोग उसके आकर्षण में खोकर रह-रह कर उसे घूरने लगे।

वेश्याओं की कतार में इस तरह खड़ा होना यद्यपि उसको सहन नहीं हो रहा था, किन्तु करे भी तो क्या करे। जैसे भी हो सका, वह लोगों की बुरी नजर से अपने आपको संभालते हुए, अपने भटके हुए पति का इन्तजार करने लगी। कुछ अन्तराल के बाद उसने देखा, नशे में धुत्त उसका पति लड़खड़ाते हुए उसी की ओर चला आ रहा था। पास आने पर जैसे ही दोनों की नजरें मिली, तो पति की आँखें अपनी पत्नी को ऐसी जगह और इस हाल में खड़ा देखकर, फटी की

फटी रह गयी। पल में उसका सारा नशा जाता रहा। वह व्यक्ति पत्नी पर चीखते हुए बोला– "तू यहाँ क्यों आई?" यह सुनते ही पत्नी की आँखें छलछला गयी। उसने बड़ी विनम्रता से कहा– "तुम तो यहाँ रोज आते हो। मैं यहाँ एक दिन आ गयी तो क्या फर्क पड़ गया। बच्चे की हालत मुझसे देखी न गयी इसलिए मैं तो यहाँ मजबूरी में आयी हूँ किन्तु तुम तो यहाँ बिना मजबूरी के रोज आते हो।"

वह कुछ और आगे बोलती, उससे पहले ही वह व्यक्ति अपनी पत्नी के पैर पकड़कर बुरी तरह रोने लगा। और बार-बार अपने आपको कोसते हुए पत्नी से क्षमा की याचना करने लगा।

पाप की जो स्वतंत्र प्रवृत्ति उस व्यक्ति के मन में बलिष्ठ हो गयी थी, इस घटना के बाद पल भर में वह धराशायी हो गयी। उस व्यक्ति का हृदय पलभर में परिवर्तित होकर पत्नी के प्रति प्रेम से भर गया। अब तक जिस पत्नी को उसने अनुरक्त भाव से कभी नहीं देखा था, और जिस बच्चे को स्नेह से नहीं दुलारा था, वह प्रेम और दुलार एक साथ उमड़ पड़ा। जिस वेश्यालय को उसने आनंद और संतुष्टि का घर मान लिया था, उस ठिकाने से उसको सदैव के लिए घृणा हो गयी।

जब तक व्यक्ति को लगता है, जो वह कर रहा है वह कोई गुनाह या पाप नहीं है, तब तक वह उसे बेहिचक किये जाता है। उसकी स्वार्थी और हठी प्रवृत्ति कभी उसको औरों की सीख नहीं मानने देती। यह प्रवृत्ति तभी पूर्णतया छूटती है, जब कोई घटना या संवाद मन को गहरे से झकझोड़ता है। अन्यथा तो ऐसे मूढ़ व्यक्तियों को रास्ते पर लाना कठिन ही नहीं नामुमकिन है।

धुंध के दीप — मानस भारतीय

बिना पंख के उड़ने वाला व्यक्ति न हवा में संतुलन बना पाता है और न जमीन पर।

-- ❧ --

5 खोटे को क्यों खरा बताये?

जिज्ञासा

जिस कर्म का फल तुरंत मिलता हो और उसे करने से लाभ भी होता हो– वही कर्म सब लोग सही मानते हैं। करना भी उसे ही चाहते हैं। ऐसा कर्म खरा है– खोटा है, उसकी गुणवत्ता पर विचार किये बिना दूसरे लोग भी ऐसे कर्म का अंधानुकरण करने लगते हैं। परिणाम पर विचार किये बिना, ऐसे कर्म का अनुकरण कहाँ तक उचित है?

– संभव समाधान –

जैसा जो करता है, वैसा वो भरता है। यह बात शतशः सिद्ध एवम् जा·ी-परखी है। अच्छे कर्मों का परिणाम अच्छा होगा। बुरे कर्मों का परिणाम बुरा। किन्तु यह बात आजकल लोगों की मति में नहीं उतरती। वे सोचते हैं, जीवन भौतिक संसाधनों से ही सुखी हो सकेगा। और ऐसे संसाधनों को जितना अधिक जुटाया जा सकेगा, उतना ही अधिक ऐशो-आराम जीवन में भोगा जा सकेगा। कर्मों के नैतिक-अनैतिक पहलू पर शायद ही कभी ध्यान जाता है ऐसे लोगों का। इस नजरिये से संसार को देखने वाले लोग, बिल्कुल ही कर्मों की शुद्धता को भूल गये हैं। जो औरों से छीनकर अपनी जेब भर रहा है, उसके इस कार्य की सराहना लोग खुले में भले ही न करें लेकिन ऐसे कर्म का अनुकरण सभी करना अवश्य चाहते हैं। सभी चाहते हैं उसकी तरह उनकी भी जेब भर जाय। चाहे कर्म चोरी का हो या बेईमानी का। कभी-कभी तो लगता है, जैसे सभी ऐसे मौके की ताक में हैं। बस मौका हाथ लगने का इन्तजार है। और इन्तजार भी बड़ी बैताबी से।

एक मशीन की तरह जीवन की क्रियाविधि चलती रहती है। जरूरत नहीं है किसी को अच्छे-बुरे परिणाम के बारे में सोचने की। बस, जिससे अपार दौलत

इकट्ठी हो सके और शरीर अधिक से अधिक आनंद में डूब सके, ऐसा कर्म सही और लाभदायक है। जो कर्म अधिक से अधिक और शीघ्र से शीघ्र भौतिक सुख-समृद्धि उपलब्ध करादे, वही कर्म खरा है। और जो यह न करा सके, वही कर्म खोटा। ऐसा खरा-खोटा परखने की कसौटी सब ने अपने जहन में धारण की हुई है।

इस असंख्य भीड़ में गिनती के लोग हैं, जो कर्म के करने से पहले उसके परिणाम पर ध्यान दे लेते हैं। कुछ ही लोग हैं, जो यह जानते हैं कि, जैसा वे करेंगे वैसा ही भरना पड़ेगा। यहाँ जानने और कहने में बड़ा अन्तर है। जो जानते हैं, वे करते भी हैं। जो कहते हैं, वे जानते नहीं। और कहते बहुत हैं। पर जानने वाले बहुत कम हैं। जानने वाले जानते हैं, कि कर्मों का परिणाम शीघ्र नहीं मिलता। वे जानते हैं कि जो बीज आज वे बो रहे हैं, उसका पौधा किस प्रकार का होगा, उस पौधे में फल कैसे आयेंगे। यह सब जानने के लिए, पौधे में फल आने तक का इन्तजार करना पड़ेगा। आज जिसने किसी को लूटकर घर भर लिया है, वह समझता है, उसको लूट के कार्य का फल मिल गया। आज ही-अर्थात लूटा और घर भर गया। पर यह फल नहीं है। यह तो उस कर्म रूपी सफर का एक पड़ाव है। फल तो तब मिलेगा, जब वह भी किसी के द्वारा, इसी तरह लूटा जायेगा। उस समय तक इन्तजार करना जरूरी है, कर्मों का सही-सही फल जानने के लिए। लूट के बाद दौलत से घर भर जाने को ही जो लोग फल कह देते हैं, वे तो अधूरी रामलीला देखने वाले दर्शक के समान हैं।

जैसे, कोई व्यक्ति रामलीला देख रहा है। उसने देखा, रावण तो बड़ा बलवान है। जो भी चाहता है, शक्ति के बल पर, सब कुछ आसानी से कर लेता है। किसी को मारना, किसी का राज्य छीनना, यज्ञों को खण्डित करना, साधू-संतों की हत्या करना, सब उसके लिए बड़ा सहज है। सीता का अपहरण भी रावण ने सहज कर लिया। उस व्यक्ति ने सोचा, अपहरण कर्म बुरा होगा, लेकिन क्या हुआ बुरा होने से। अपहरण करके रावण ने एक रूपवान स्त्री को तो पा लिया। उस स्त्री के साथ जीवनभर आनंद भोगता रहेगा।

सीता हरण के प्रकरण तक तो उस व्यक्ति ने रामलीला बड़े ध्यान से देखी, इसके बाद वह व्यक्ति अपने घर चला गया। आगे की रामलीला उसने कभी नहीं देखी। न ही आगे की घटनाओं के बारे में उसने किसी से सुना। तो ऐसी अधूरी रामलीला देखने वाला व्यक्ति तो जीवन भर रावण बनने की ही सोचता रहेगा। वह क्यों बनना चाहेगा ऐसा राम जो वन-वन भटकता रहा हो, जिसे राज्य का सुख छोड़ना पड़ा हो।

जो लोग पूरी रामलीला देखते हैं, वे ही जान सकते हैं रावण के कर्मों का फल। वे ही कर सकते हैं राम और रावण के कर्मों में अन्तर। यह निश्चित मानें, यदि आज आप अपने कर्मों के तीर से किसी की आत्मा को भेद रहे हैं, तो कहीं न कहीं, कोई न कोई, हाथों में तीर संधान कर रहा है, आपकी आत्मा को भेदने के किए। यह मत जानो कि पर्दे के पीछे शून्य है। अच्छे के लिए अच्छा और बुरे के लिए बुरा, पर्दे के पीछे छिपा है। वक्त की हवा एक-एक कर सभी पर्दे हटा देगी। फिर आप रूबरू होओगे अपने सभी कर्मों के आखिरी परिणाम से।

धुंध के दीप — मानस भारतीय

तुम जिस झूँठ से अपने आप को छुपाते हो दूसरा इसी झूँठ से तुम्हारी सच्चाई जान लेता है।

-- ❧ --

6 प्रलोभन के कुत्ते

जिज्ञासा

धर्म के बारे में प्रवचन देने वाले कहते हैं, झूठ मत बोलो, लेकिन मौका पड़ने पर वे भी सफेद झूठ बोलते हैं। अहंकार को त्यागो, किन्तु उनके हाव-भाव से ही अहंकार की बू आती है। मोह-माया का त्याग करो, किन्तु ऐसे लोग मौका पड़ते ही माया पर खूब हाथ फेरते हैं। ऐसे महान लोगों की भी कथनी-करनी में इतना अन्तर, बड़े आश्चर्य की बात है! इसका कारण क्या हो सकता है?

– संभव समाधान –

कथनी और करनी का अन्तर तो सदैव से बना रहा है। यह प्रत्येक व्यक्ति की प्रकृति का एक अहम हिस्सा है। फर्क केवल इतना है, कोई इस अन्तर को प्रकट नहीं होने देता, और कोई इसे छिपा नहीं पाता। कच्ची बर्फ होगी तो हल्की सी गर्मी में भी सहज पिघल जाएगी, और यदि बर्फ पक्की है तो तेज गर्मी में भी आसानी से नहीं पिघलेगी। यही आदमी के मन की वृत्ति है।

अधिक दृढ़ निश्चय वाला व्यक्ति, अपने आप पर, कठिन से कठिन परिस्थितियों में भी, नियंत्रण बनाये रखता है। जो कमजोर दृढ़ निश्चय का व्यक्ति है, वह मामूली सी कठिनाई में अपना निश्चय खो देता है।

एक विशालकाय हिरण तलाब में अपना प्रतिबिम्ब देखकर अपने बच्चे से कहने लगा– "देखो, मैं कितना बलवान हूँ, मेरा मस्तक कैसा भव्य है, मेरे हाथ-पैर कितने दृढ़ और मांसल हैं और मैं कितना तेज दौड़ सकता हूँ।"

हिरण अपने बच्चे को यह बात कह ही रहा था, कि दूर से कुछ कुत्तों के भोंकने की आवाज उसके कानों में आई। हिरण के कान बड़े चौकन्ने होते हैं। खतरे की आवाज तुरंत पकड़ते हैं।

कुत्तों की आवाज सुनते ही वह हिरण जोर से भागने लगा। बहुत दूर दौड़ने के बाद हांफते-हांफते फिर बच्चे के पास आया। यह देख हिरण का बच्चा बोला– "अभी तुम कह रहे थे, कि तुम बड़े बलवान हो, हाथ-पैर बड़े मजबूत हैं, फिर कुत्तों के भोंकते ही भागने क्यों लगे?"

हिरण बोला–

"यही तो बात है। कुत्तों की भों-भों सुनते ही मेरा सारा ज्ञान लुप्त हो जाता है। हाथ-पैर बलहीन हो जाते हैं। कोई विवके उस समय काम ही नहीं आता।"

हम लोग भी तो ऐसे ही करते रहते हैं। इस दुर्बल मन के सम्बन्ध में हम कितनी ही आशायें क्यों न बांधें, हम अपने को कितने ही साहसी या बलवान क्यों न समझें, हम कितने ही दृढ़ संकल्प क्यों न करें– पर जब संकट और प्रलोभन के कुत्ते हमारे लालची मन में भोंकते हैं तो हम भी कथा के हिरण की भांति समर भूमि से भाग खड़े होते हैं।

धुंध के दीप – मानस भारतीय

शीशे में तुम अपने बाहरी शरीर का बिम्ब देख सकते हो अन्दर का बिम्ब तो तुम्हें तुम्हारी आत्मा का शीशा ही बता सकता है।

-- --

7 चेतन मन क्यों क्रोध समाया?

जिज्ञासा

क्रोध करना एक बड़ा विकार माना गया है। और है भी। जीवन को खुशहाल बनाने के लिए अति आवश्यक है क्रोध पर नियंत्रण रखना। किन्तु बहुत अजीब बात है, जब क्रोध आता है तो पता ही नहीं चलता। क्रोध का पता ही तब चलता है, जब क्रोध समाप्त होने लगता है। फिर ऐसे क्रोध पर नियंत्रण करना कैसे संभव है– जिसके आने का पता ही न चले?

– संभव समाधान –

हिंसा कहाँ हैं? जहां क्रोध करने के साधन मौजूद हैं, वहाँ हिंसा है। क्रोध करने के असीमित साधन हैं। आपको किसी ने गाली दी, क्रोध आ गया। आपके बारे में किसी ने अपशब्द कह दिये, क्रोध आ गया। आपके घर से किसी ने चोरी की, क्रोध आ गया। क्रोध आने के ये तो बड़े-बड़े कारण हैं। ऐसे कारणों के होने पर मनुष्य का क्रोधित होना सामान्य है और स्वाभाविक भी। कभी क्रोध आता है ऐसी बातों पर, जो मनुष्य के स्तर का कतई नहीं है।

आप रेल में सफर कर रहे हैं, और आपकी सीट पर कोई बैठ जाता है, आप तुरंत झगड़ पड़ते हैं, आपे से बाहर होकर। आप टिकट ले रहे हैं, और टिकिट खिड़की में, आपसे पहले कोई दूसरा, पीछे से हाथ फँसा देता है, बस आप लगे लड़ने-झगड़ने टिकिट-विकिट की बात भूलकर। आप शांति से जा रहे हैं, चार लोग आपको देखकर जोर से हँस दिये। आपको क्रोध आ गया, बिना यह जाने कि वे लोग आप पर हँसे हैं या किसी और पर।

आप पैदल जा रहे हैं, कोई वाहन तेज गति से दौड़ता हुआ आया और कीचड़ उछाल कर चला गया। आपके कपड़े कीचड़ में खराब हो गये। वाहन

अपनी गति से चला गया। आपका चेहरा क्रोध से लाल-पीला हुए जा रहा है। समय पर खाना नहीं मिला तो क्रोध। कहीं जाने के लिए साधन नहीं मिला तो क्रोध। दुकान पर कोई ग्राहक नहीं आया तो क्रोध। कोई ग्राहक आपकी दुकान को छोड़कर, पड़ौसी की दुकान पर चला गया तो क्रोध। कोई ग्राहक आया, माल देखा और कुछ खरीदा नहीं, तो क्रोध। नौकर ने समय से पहले पगार माँग ली तो क्रोध।

कभी-कभी लगता है दस कदम अगर आप चलते हैं तो नौ कदम आप क्रोध में रखते हैं। एक कदम ही शायद बिना क्रोध के रख पाते होंगे। ऐसा सभी करते हैं। यदि आप ऐसा नहीं करते तो गलत हैं। क्योंकि कर तो आप भी ऐसा ही रहे हैं, लेकिन समझ नहीं पा रहे। क्रोध के आने और जाने का समय बड़ा छोटा है। इस पल आया और उस पल खत्म। क्रोध में जरूरी नहीं है, आप चीखें चिल्लायें या हाथ-पैर चलायें। यदि मन में क्रोधी विचार आ जाते हैं तो निश्चित रूप से आप क्रोध के सफर से ही गुजर रहे हैं। हाथ-पैर चलाना या चीखना-चिल्लाना तो बहुत बाद की स्थिति है। हो सकता है आप इसलिए भी नहीं चीख-चिल्ला रहे हों– जिस पर आप चीखना चाह रहे हों, वह आपसे अधिक क्रोधी स्वभाव का हो। जिसके ऊपर आप हाथ-पैर चलाना चाहते हैं, वह आपसे ज्यादा शक्तिशाली हो।

यह क्रोध सार्थक है या निरर्थक, कभी आपने विचार किया? यह विचार करके देखो। जब आपका मन क्रोध में होता है, तो उससे आपको कितना फायदा और कितना नुकसान हुआ। आप पूरा हिसाब लगाने के बाद पाओगे, फायदा तो जीरो का है, नुकसान सौ प्रतिशत। ऐसा कुछ नहीं मिलता क्रोध करने पर, जो शांत रहने पर मिलता है। वैसे भी बात-बात पर क्रोध करने की कोई वजह नहीं है। आपका क्रोध दूसरे पर भी विपरीत असर पैदा करता है। इससे बात जो बनने वाली हो और भी बिगड़ जाती है। सहज है, वह भी जटिल हो जाता है।

आप जा रहे हैं। किसी वाहन की तेज गति से आपके कपड़े कीचड़ में हो गये। प्रथम, आपकी नजर कपड़ों पर पड़ी। आपने देखा, पूरे के पूरे कपड़े कीचड़ में हो चुके हैं। यहाँ तक आपको क्रोध नहीं आया। यहाँ तक आपने हर चीज का अवलोकन किया। फिर आपने इधर-उधर नजर दौड़ाई और देखा तीव्र गति से भागता हुआ वाहन, जिसने आपकी यह हालत बनाई। यह देख आप क्षण भर में क्रोध के शिखर पर पहुँच गये। तुरंत दो-चार कदम वाहन के पीछे दौड़े और रूक गये। आपने एक पत्थर उठाया और पूरा जोर लगाकर वाहन की ओर फेंका। कोई भी सामान्य व्यक्ति, जो क्रोध में नहीं है, अच्छी तरह जानता है, जो

भी आप कर रहे हैं बिल्कुल बेकार कर रहे हैं, क्योंकि वाहन बहुत दूर जा चुका है। आप फिर भी पत्थर उठाते हैं और जोर लगाकर वाहन पर मारते हैं। पत्थर थोड़ी दूर पर जाकर गिर जाता है। फिर आपने दूसरा पत्थर फेंका, वह भी बेकार गया। अभी भी आप क्रोधित हैं। ऐसे समय यदि कोई समझदार व्यक्ति आपको क़हदे, कि जो आप कर रहे हैं वह बेकार है, तो आपका क्रोध उस व्यक्ति पर केन्द्रित हो जाएगा और आप उससे भी झगड़ेंगे।

आपकी नजर अब कपड़ों पर बिल्कुल नहीं है। क्योंकि आपने जान लिया कि कपड़े तो गंदे हो ही गये। गंदे कपड़ों पर टिके रहने से क्या लाभ। बस आपके ध्यान में ऊपर-नीचे, दायें-बायें केवल वह वाहन दौड़ रहा है। अब तो

आँखों से भी आपको नहीं दिख रहा फिर भी आपके क्रोध की दिव्य दृष्टि में, उस वाहन की छवि बनी हुई है। आप उस वाहन को पकड़ने के लिए दौड़े जा रहे हैं। इस विश्वास के साथ कि कहीं न कहीं तो आप उसको पकड़ ही लेंगे।

आप कहाँ जा रहे थे– आपको क्या जरूरी काम था– आपको कितने बजे पहुँचना था, सब कुछ क्रोध के बवंडर में उलट-पुलट हो गया। बड़ी दौड़-धूप के बाद वह वाहन आपको एक जगह खड़ा मिल गया। गुस्से में आग-बबूला हुए आप ढूंढ रहे हैं उस वाहन मालिक को– जिस पर पूरा क्रोध उतारना है। आप चीखने-चिल्लाने लगे– "कौन इसका मालिक है, मैं उसे छोडूँगा नहीं। उस गधे ने मेरे कपड़ों का क्या हाल किया है?" जो मन में आ रहा है, आप कहे जा रहे हैं। कोई नहीं सुन रहा आपकी बात को। हाँ, आपकी इस हालत पर कुछ बच्चे जरूर हँसते हुए तालियाँ पीट रहे हैं। बहुत समय तक आप ऐसे ही उछल-कूद करते रहे। कोई नहीं आया! उस वाहन का मालिक बनकर आपके सामने! अब आप भी करें तो क्या करें? जिस पर क्रोध केन्द्रित था वही गायब है। अब अकेला क्रोध भी रहकर क्या करे। आखिर में क्रोध ने भी अपने बोरिया-बिस्तर सिमेट लिये। जब क्रोध ने आपका पीछा छोड़ा, तब आपको याद आया कि आप किस काम के लिए कहां जा रहे थे।

घर पहुँच कर आपने कपड़ों का कीचड़ धो डाला। धोने में आपको इतनी तकलीफ नहीं हुई, जितनी तकलीफ उस वाहन के मालिक को ढूंढने में हुई। जितना श्रम आपने उसको ढूंढने में किया, उतना श्रम यदि आप घर पर करते तो सारे घर के कपड़े धो डालते। कितने दिन रहा वह क्रोध। जब आपका मन पूर्ण रूप से शांत हुआ तो सोचा आपने, क्या हुआ उस क्रोध का?

चार दिन बाद उसी रास्ते से आप फिर जा रहे हैं। वही वाहन आपके पास आकर रूका। उसका मालिक हाथ जोड़कर आपके सामने खड़ा होकर बोला– "भाईसाहब, मैं ही था वह व्यक्ति। चार दिन पहले जिसकी आपको तलाश थी। मेरी गाड़ी से ही आपके कपड़ों पर कीचड़ लगा था।"

अब आप भी क्या करें उस व्यक्ति का। क्योंकि जो भी करना था वह तो क्रोध को ही करना था। और क्रोध अब है नहीं। वह व्यक्ति बार-बार आपसे निवेदन कर रहा है– "भाईसाहब, मेरी गलती के लिए आप मुझे कुछ तो दण्ड दीजिए।" लेकिन आप अब दण्ड देने की जगह उसके सामने शर्मिन्दे से हुए जा रहे हैं। क्या दण्ड दें? दण्ड देने का तो दूर-दूर तक मन ही नहीं है। दण्ड भी तो तभी दिया जा सकता है जब कोई क्रोधग्रस्त हो। बिना क्रोध के तो एक शब्द भी आपकी जुबान से नहीं निकल सकता।

जब मन में क्रोध नहीं हो तो सद्भाव या मृदुभाव स्वतः ही मन का अलंकरण बन जाता है। कोई भी मन, दो चीजें एकसाथ नहीं कर सकता। एक क्रिया (क्रोध) हमेशा भूल जाने जैसी है। दूसरी क्रिया (मृदुभाव) हमेशा याद रखने जैसी। भाव लाने से पहले यह निश्चय करें कि– एक को आवश्यक रूप से भूलना है, दूसरी को सदैव याद रखना। यह अभ्यास आरम्भ करते ही आपके मन की वृत्ति स्वतः ही बदल जाएगी। आप निश्चित रूप से एक ऐसी चेतना में रहने लगेंगे, जब आपको क्रोध का अहसास पूर्व में ही होने लगेगा। और आने से पहले ही आप क्रोध को मृदुभाव का रूप दे सकेंगे।

धुंध के दीप — मानस भारतीय

क्रोध एक ऐसी आग है, जो सब कुछ जलाने के बाद भी जलने वाले को दिखाई नहीं देती।

-- ☙ --

संसार में सब त्याग करते हैं, पर त्याग बुराई का नहीं, अच्छाई का ही किया जाता है।

-- ☙ --

8 सुनते सहज मानते मुश्किल

जिज्ञासा

धार्मिक सभा सम्मेलनों में बहुत लोग इकट्ठा होते हैं। ज्ञान की बातें अच्छी हों तो खूब सुनते हैं। रामचरित मानस ऐसे लोगों को बड़ा भाता है। गीता के उपदेश तो मानो दिल को छू जाते हैं। बस ऐसे लोगों की एक ही शिकायत रहती है– कि गीता में और अधिक उपदेश होते तो अच्छा रहता। काश्! रामचरित मानस दो गुना बड़ा होता तो कितना मजा आता। इतना सब कुछ होते हुए भी लोग और अधिक क्यों चाहते हैं? आश्चर्य होता है!

– संभव समाधान –

क्योंकि ऐसे लोग इन सब बातों से ज्ञान कम और मनोरंजन अधिक चाहते हैं।

किसी भी उपदेश या धार्मिक पुस्तक का अध्ययन करने से महत्वपूर्ण, उसमें उल्लेखित बातों का मनन है, और मनन से भी महत्वपूर्ण अनुगमन। जब मनन और अनुगमन नहीं है, तो ऐसे ग्रन्थों के अध्ययन का कोई विशेष महत्व नहीं रह जाता। जासूसी या प्रेम-कहानियों को पढ़कर आनंद लिया जा सकता है। ऐसी पुस्तकों का मनन और अनुगमन करने की आवश्यकता नहीं होती। बस पढ़ लेने भर से जो आनंद मिलना होता है, मिल जाता है। वह भी सहज रूप से। किन्तु इसके विपरीत, धार्मिक और आध्यात्मिक ग्रन्थों में निहित दार्शनिक भावार्थ को समझने के लिए, उनका मनन बहुत जरूरी है। और मनन करने पर जो सारांश समझ में आता है, उसके अनुसार अनुगमन आवश्यक है। अगर अध्ययन के बाद ये दो बातें नहीं हैं, तो ऐसा साहित्य पढ़ना या न पढ़ना बराबर है।

बच्चे को स्कूल जाने पर आरम्भ में अ-आ-इ-ई-उ-ऊ ही सिखाये जाते हैं। आगे चलकर इन्हीं अक्षरों के माध्यम से वह एक शब्द की हजार पन्नों में व्याख्या कर देता है। और हजार बातों को एक शब्द में लिख देता है। यह संभव है अध्ययन, मनन और अनुगमन से।

एक व्यक्ति था बड़ा ही सीधे-सच्चे स्वभाव का। उसका एक मित्र था जो सदैव कोई न कोई धार्मिक किताब पढ़ता ही रहता था। ऐसा कोई विषय नहीं था, जो उसने नहीं पढ़ा हो। जमाने भर की धार्मिक पुस्तकें उसने अपने घर में सजा रखी थी।

एक बार उस सीधे-साधे व्यक्ति की पत्नी उस धार्मिक व्यक्ति के घर आई। उसने जो घर में धार्मिक पुस्तकों का अम्बार लगा देखा, तो वह उस व्यक्ति से बड़ी प्रभावित हुई। उसने मन ही मन सोचा, जिस व्यक्ति ने इतना धार्मिक साहित्य पढ़ लिया है, उसका ज्ञान तो बड़ा ही विशद होगा। यह देखकर उसको अपने पति पर बड़ा गुस्सा आया। घर लौटते ही उसने अपने पति को भाषण देना आरम्भ किया– ''आप अपने मित्र के सामने कुछ नहीं हो। आपको धर्म का कोई ज्ञान नहीं है। खाने-पीने के अलावा आपको और कुछ सूझता ही नहीं। आदमी को ज्ञानी होना चाहिए तभी उसकी सद्‌गति है। आदमी को धर्म-अधर्म की पूरी जानकारी होनी चाहिये। मैं आपको एक सलाह देती हूँ आप अपने मित्र के पास जाकर उनसे कुछ ज्ञान की बातें सीखिये। वहाँ जाकर देखो, कितने ग्रन्थों का अध्ययन किया है उन्होंने। कुछ तो ज्ञान उनसे लीजिये। घर में पड़े-पड़े अपना जीवन यूँ ही बेकार कर रहे हो।''. . . और न जाने क्या-क्या?

पत्नी की रोज-रोज यही बातें सुनते-सुनते वह व्यक्ति तंग आ गया। और एक दिन वह अपने मित्र के घर चला ही गया। मित्र के घर में धार्मिक पुस्तकों का अम्बार लगा देखकर वह भी दंग रह गया। अलग-अलग अलमारियों में अलग-अलग विषयों की पुस्तकें सजी थी। पहली अलमारी पर नजर गई तो उस पर लिखा था 'सत्य'। वह व्यक्ति अलमारी की ओर इशारा करके कुछ पूछने ही वाला था, कि उससे पहले ही ज्ञानी मित्र शुरू हो गये–

''मित्र, इस अलमारी में दुनिया भर के, सत्य के बारे में शोध-ग्रन्थों का संकलन है। भगवान कृष्ण से लेकर महात्मा गाँधी तक। सत्य के बारे में जितने भी विचारक हुए उन सबकी पुस्तकें मेरे पास उपलब्ध हैं।''

सत्य के ऊपर फिर ज्ञानी मित्र का भाषण शुरू हुआ। उसने ये कहा, उसने वो कहा, एक के बाद एक विचारकों का बखान वह करने लगा। किसी विचारक

को वह सिरे का बता रहा था तो किसी को सामान्य या मध्यम। इससे लगा कि उसने किताबों का बड़ी गहराई से अध्ययन भी किया हुआ है। यह चर्चा चल ही रही थी, तभी एक छोटा बच्चा कमरे में आहिस्ता से आया और बोला–

''पिताजी, कुछ लोग बाहर दरवाजे पर खड़े आपके बारे में पूछ रहे हैं, और कह रहे हैं कि हम अनाथाश्रम से आये हैं, कुछ चंदा हमें तुम्हारे पिताजी से लेना है।''

यह सुनते ही उस व्यक्ति का ध्यान सत्य के भाषण से भंग हो गया। वह तुरंत बच्चे से बोला–

''बेटे, जाकर उनसे कह दो पिताजी घर में नहीं हैं। मंदिर गये हैं और शाम तक घर लौटेंगे।''

यह सुनकर बच्चा बाहर चला गया। बच्चे के जाते ही वह व्यक्ति बड़बड़ाने लगा–

''कैसे-कैसे लोग हैं– किसी को धर्मशाला के लिए चंदा चाहिए, किसी को अनाथाश्रम के लिए। न जाने रोज-रोज कहाँ से आ जाते हैं।''

बात पलटते हुए उस व्यक्ति ने दूसरी अलमारी की ओर इशारा करते हुए कहा–

"यह साहित्य अहिंसा के बारे में है। अहिंसा के बारे में जैन धर्म के विचार और अहिंसा पर दिये गये गाँधी जी के समस्त व्याख्यानों का संकलन है। हाँ, जैन धर्म में जो अहिंसा के लिए कहा गया है, वह वाकई श्रेष्ठ है।"

फिर वह बताने लगा– फलां व्यक्ति ने अहिंसा के बारे में ये कहा है, फलां व्यक्ति ने अहिंसा के बारे में वो कहा है। बात अहिंसा पर चल ही रही थी, कि एक देहाती व्यक्ति, जो पहनावे से बिल्कुल बहेलिया लग रहा था, अचके से कमरे में प्रविष्ट हुआ। नजदीक आकर उसने हाथ जोड़कर व सिर झुकाकर ज्ञानी पुरूष का अभिवादन किया। फिर थोड़ा दबी नजर इधर-ऊधर देखकर धीरे से कहने लगा–

"हजूर, गांव के जंगल से चार देशी बटेर छुपाकर लाया हूँ।"

यह सुनते ही अहिंसा पर अपने विचार व्यक्त करने वाला व्यक्ति सब कुछ छोड़कर उत्सुकता से पूछने लगा–

"....... अरे बटेर जीवित है या मरे हुए?

इस पर ग्रामीण बोला–

"हजूर, दो जीवित पकड़े हैं, दो मार कर लाया हूँ।"

ओठों पर जीभ फैरते हुए ज्ञानी जी बोले–

"ठीक है, नीचे चौकीदार को चुपके से दे दो। हाँ ध्यान रखना, कोई देख न ले।"

जो व्यक्ति कुछ ज्ञान लेने ज्ञानी जी के पास आया था, उसने यह ढोंग देखकर अपना माथा पकड़ लिया। वह सोचने लगा, इस महाज्ञानी ने बड़े-बड़े ग्रन्थ पढ़कर क्या सीखा! इसने तो ये ग्रन्थ केवल शौक और जानने के लिए पढ़े हैं। मानने के लिए तो इसने एक अक्षर भी नहीं पढ़ा। यदि यह व्यक्ति इससे भी हजार गुना ग्रन्थ पढ़ले और घर में सजाले, तब भी यह वैसा का वैसा ही रहना है। अहिंसा के बारे में जानकर भी हिंसक और सत्य को समझकर भी असत्यवादी।

मनन और अनुगमन के लिए ग्रन्थों में दोहराई गई एक लाईन ही पर्याप्त है। अध्ययन और मनोरंजन के लिए ग्रन्थों का अम्बार लगाकर पढ़ने से क्या लाभ।

धुंध के दीप — मानस भारतीय

दूर की आवाज से हम अधिक भ्रमित होते हैं। ऐसे ही जैसे, दूसरे के सुख से या दूसरे के धन से।

-- ~ --

9 कर-कर याद बुलाते दुःख को

जिज्ञासा

कहते हैं दुःख और सुख, धूप-छांव के समान आते-जाते हैं। किन्तु मन में धूप का भय हमेशा बना रहता है। और लगातार बने रहने वाले इस भय के कारण छाया का आनंद भी नहीं मिल पाता। लगता है जैसे कम-ज्यादा हमेशा हम दुःख में ही रहते हैं। मन को ऐसी अनुभूति से कैसे बचाया जा सकता है?

– संभव समाधान –

जिसे आप दुःख कहते हैं, वह दुःख क्या है?

कभी आपने इस पर गौर किया है। दिन-रात दुःख की रट लगाकर, या दिन-रात दुःख के ताप में अपने आप को तपाकर क्षण-क्षण आप जलते रहते हैं। यह मानकर, जैसे कि दुःख आपमें आकर ठहर गया है। आपने कभी दुःख का संचरण होते देखा है? दुःख की गर्म हवा ने कभी आकर आपको छुआ है? कभी दुःख से आप रू-ब-रू हुए हैं? आकृति बनकर दुःख आपके पास कभी नहीं आता। दुःख आपके मन में ही जनित होता है। दुःख केवल मन के मानने की बात है। आपके मन ने ही, अपने आप ऐसी धारणा बना ली है, कि मन दुःख में है। अगर दुःख होते हुए भी मन यह मान ले, कि वह दुःख में नहीं है, तो आपको दुःख की कतई अनुभूति नहीं होगी। दुःख में क्लेश करने का कारण आपका मन ही है।

यह निश्चित है जो व्यक्ति पूर्ण ज्ञान में होते हैं, उनका अपने आप पर, अर्थात् मन पर पूर्ण नियंत्रण होता है। वे अपने मन को अपने बस में रखकर, दुःख को दुःख की अनुभूति से अलग रखते हैं। और सुख में, सुख की अनुभूति नहीं होने देते। वे दोनों अवस्थाओं में, मन को निर्लिप्त रखकर, एक समान रहते हैं।

ऐसा नहीं है कि उन्हें दुःख नहीं होता। यह होता सबको है, पर इसके अहसास को मन के नियंत्रण से कम-ज्यादा करना हर व्यक्ति के हाथ में है।

जीवन जो आप देखते हैं, यह तो सुख-दुःख का ही मिश्रण है, किन्तु आपको केवल दुःख अधिक दिखाई देता है। सुख को तो आप देख ही नहीं पाते। बस दुःख पर आपकी नजर हर क्षण टिकी रहती है। कभी-कभी तो आप दुःख के भय से ही दुःखी होते रहते हैं। आप एक बड़े साम्राज्य के राजा हैं। आपके पास बड़ी शक्तिशाली सेना है। आप का गुप्तचर अचानक आपको सूचना देता है कि आपके पड़ौसी राजा ने अपनी शक्ति आपसे ज्यादा बढ़ा ली है। उसने कई राजाओं से संधि करके, आपके राज्य पर हमला करने की योजना बना ली है। बस, यह जानते ही आप लगे दुःखी होने। इसी समय आपने अपना भविष्य राज-ज्योतिषी से भी पूछ डाला। उसने भी कह दिया- महाराज, राज्य पर शनि की कुदृष्टि है, इसलिए किसी भी अनहोनी की संभावना का, भविष्य में बुरा योग बनता नजर आ रहा है। अब तो आप दिन-रात, सोते-जागते युद्ध करने लगे और रोज हार कर दुःखी होने लगे। जबकि वास्तविक रूप से अभी कुछ भी ऐसा नहीं हुआ जिससे दुःखी हुआ जाय। बस, घटनाओं की संभावना से ही आप अपने को व्यथित करने लगते हैं। ऐसे समय सुख की कोई भी बात आपको अच्छी नहीं लगती। जैसे आपके हाथ में मीठा पानी है। गिलास से घूंट पीकर देखा तो वाकई पानी बहुत मीठा लग रहा था। इसी समय आपने उस मीठे पानी में बहुत मात्रा में नमक घोल दिया। तो पानी का स्वाद इतना खारा हो गया कि एक घूंट तो क्या एक बूंद भी आप अपने गले से नीचे नहीं उतार सकते। मीठापन तो खत्म हो ही गया और खारा भी हुआ तो बहुत अधिक। ऐसे ही आप सुख की मिठास को, दुःख के खार में घोलते रहते हो।

जीवन के क्षण जो भी हैं, निरंतर गुजर रहे हैं। क्या कोई पल आपके जीवन में स्थिर रहा है। तो सुख हो या दुःख, वह निरंतर व्यतीत हो रहा है। जो जन्मा है वह सदैव जीवित नहीं रहेगा, उसे मरना भी है। विवाह से जो आनंद आज मना रहे हैं, विवाहोपरान्त पैदः होने वाले कष्टों को भी आपको भोगना है। अर्थात् जो भी है, वह निरंतर बीत रहा है। फिर आप किसी दुःख को, यह मान कर क्यों दुःखी रहते हैं कि आप दुःख में हैं। दुःख के आते ही, दुःख का जाना शुरू हो जाता है। तो आप अपने में मानिये, कि दुःख खत्म हो रहा है। और जो खत्म हो रहा है, उससे चिन्तित क्यों रहा जाय? सुख भी तो ऐसे ही है। यदि आपने किसी घटना को सुख मान लिया है तो मन में आनंद के क्षण आरम्भ होते ही, खत्म भी होने लग जाते हैं। और कुछ समय में एक-एक कर ऐसे क्षण चुक जाते हैं। तो

आपके पास सदैव न तो सुख रहता है और न दुःख। केवल आपका मन इस धूप-छांव से दुःखी और आनंदित होता रहता है।

जब गर्म हवा चलती है तो पेड़ के पत्ते फड़फड़ाने लगते हैं। और जब ठंडी हवा चलती है तो भी पेड़ के पत्ते फड़फड़ाने लगते हैं। हवा ठंडी हो या गर्म, पत्ते दोनों अवस्थाओं में समान रहकर एक ही गति से फड़फड़ाते हैं। वैसे ही आपके मन में दुःख की गर्म हवा चले या सुख की ठंडी हवा, दोनों के लिए यदि आपके मन में एक ही अनुभूति होगी, तो आप कभी दुःखी नहीं रहेंगे।

एक मां बच्चे के मरने पर, कुछ समय आंसू बहाकर अपने मन को समझा लेती है। और एक माँ, बच्चे की मौत के गम में अपनी जान दे देती है। एक दुःख से अलग-अलग प्रकार से दुःखी होने का अन्तर भी यही है। दोनों स्थितियों में बच्चे का मरना समान है। पर उस घटना पर शोक करने का तरीका अलग-अलग।

जो जीवन दुःख-सुख की गर्म-ठंडी हवाओं के स्पर्श से चल रहा है, वह अवस्था तो मरने तक बनी ही रहनी है। किसी व्यक्ति के जीवन में कभी सुख ही सुख नहीं रह सकते। और किसी व्यक्ति के जीवन में हमेशा दुःख ही दुःख नहीं रहते। ईश्वर ने इस जीवन को सुख और दुःख से मिश्रित बनाया है। यदि हम हमारी चेतना में केवल दुःख को ही टिका कर बैठ जायेंगे, तो जीवन भर दुःखी ही होते रहेंगे। अर्थात् सुख के क्षणों में भी दुःखी रहेंगे। और यदि हम अपनी चेतना में सुख को बिठा लेंगे, तो सदैव सुखी रहेंगे। अर्थात् दुःख आने पर भी यह मानकर कि दुःख का अन्त हो रहा है, दुःखी नहीं होंगे।

गुलाब के पौधे को कभी आपने ध्यान से देखा है। यदि उस पौधे को ध्यान से देखोगे, तो गुलाब के सुंदर फूल के नीचे बहुत तीखे कांटे भी दिखाई देंगे। यदि आप उस गुलाब के कांटों से ही डरते रहे, तो उस फूल की सुगंध और सुंदरता को कभी स्पर्श नहीं कर सकते। और यदि आप फूल की सुगंध और सुंदरता में खो गये, तो आपकी आँखों से कांटे अवश्य ओझल हो जायेंगे।

दुःख के क्षणों में मन को कैसे समझाया जाय, यह साधना तनिक कठोर जरूर है पर असम्भव नहीं। तूफान आया और तूफान में आपकी बगिया का प्यारा सा पौधा उखड़ गया। आपको बहुत दुःख हुआ पौधे के उखड़ जाने पर। आपको लगा जैसे, आप स्वयं ही समूल उखड़ गये हों। बहुत शोक मनाया। बहुत दुःखी हुए। दो-चार दिन संताप के पश्चात् आपको सूझ आई, कोई दूसरा पौधा उस स्थान पर रोपने की। आपने दूसरा पौधा रोप दिया। दो दिन बाद आप नये पौधे के आकर्षण में खोने लगे। पुराने पौधे को कतई भूल गये। अब कोई आपसे

आकर कहे, भाई जरा एक दिन उस पुराने पौधे के लिए बैठकर शोक मना लिया जाय। तो शायद उसकी बात पर आप हँस पड़ें। और इस बात पर आप उल्टा उसको ही मशविरा देने लगें– "भला पुरानी बातों के लिए शोक मनाना कहाँ की बुद्धिमानी है। यह भी कोई शोक का मुद्दा है।"

तो घटना तो घटते ही सभी पुरानी हो जाती हैं। फिर ऐसी बातों को लेकर शोक क्यों? सुख से छूटकर दुःख से मिलना और दुःख से छूटकर सुख से मिलना, रंग-बिरंगे कपड़े में दो अलग-अलग रंगों के बुने हुए धागे हैं। आप धागों के अलग-अलग रंग की जगह कपड़े का एक रंग देखोगे, तो ही कपड़े का रंग दिख सकेगा। ऐसे ही जब सुख-दुःख का अन्तर मिटेगा, तो ही जीवन का यथार्थ रंग दिख सकेगा।

10 सूरज को क्यों दिया दिखाये?

जिज्ञासा

मैं जीवन भर के तजुर्बे और लम्बी उम्र के बाद परिपक्व हुआ हूँ। मैं अपने अनुभव और बुद्धि के आधार पर लोगों को सलाह देता हूँ। मुझे दुःख है, मेरी सलाह को लोग मानते ही नहीं– ऐसा क्यों?

– संभव समाधान –

आपकी सलाह को लोग नहीं मानते, बड़े अफसोस की बात है। बड़े यत्न से आप सलाह देते हैं। उम्र एवम् लम्बे अनुभव का भी वास्ता आप देते हैं, अपनी सलाह मनवाने के लिए। पर लोग हैं कि, जितने अनमने मन से आपकी सलाह को सुनते हैं, उससे कहीं अधिक अनमने मन से, ऐसी सलाह को नकार देते हैं। यह सब देख आप मन ही मन दुःखी होते रहते हैं। बड़ी उम्मीद से कोई सलाह दे और उसे दूसरा न माने, तो इससे बड़ी तौहीन और क्या हो सकती है। आपकी तो जीवन भर की मेहनत बेकार गई। किसको जाकर अब अपना दुःखड़ा रोऐंगे? किसको जाकर अपना अनुभवी और अमूल्य ज्ञान बाँटेंगे? जिसे जाकर आप अपना दुःखड़ा रोऐंगे, हो सकता है वह भी इस पीड़ा का शिकार हो।

सलाह देने वाले बहुत हैं, सलाह मानने वाला कोई नहीं। और सबसे बड़ा संकट तो यह है कि, आपकी इस अनमोल सलाह की कोई और कद्र नहीं करे तो समझ आता है, किन्तु यहाँ तो आपके घरवाले भी इस अनमोल सलाह के कद्रदान नहीं हैं। मन ही मन आप अपनी बुद्धि को सबसे श्रेष्ठ मान चुके हैं और इसीलिए दूसरों पर अपनी सलाह को थोपना चाहते हैं।

कभी आपने एक नदी तैरकर पार की थी। अथाह पानी था उसमें। बहुत वर्ष बाद आपके बेटे को भी वह नदी पार करनी थी। बेटे को तैरना नहीं आता था। आपने अपने अनुभव के आधार पर बेटे को सलाह दी, वह अपना इरादा

बदल दे, क्योंकि वह नदी पार कर ही नहीं सकता। बेटे ने आपकी सलाह मानने से बिल्कुल इन्कार कर दिया। आपके मना करने पर भी वह चला गया। बड़ा दुःख हुआ आपको। एक तो बेटे द्वारा आपकी सलाह न मानने से और दूसरा उसके नदी में डूबने की आशंका से। जब आपका बेटा सकुशल लौट आया, तो आप चिंता मुक्त हुए। किन्तु आपकी उत्सुकता यह जानने के लिए तीव्र हो गयी कि आखिर उसने नदी कैसे पार की? लड़के ने बताया, "पिताजी आप बेकार में मुझे रोक रहे थे। नदी पार करने में मुझे कतई परेशानी नहीं आई। जिस नदी की आप बात कर रहे थे, उसमें पानी था ही नहीं। वह तो कब की सूख चुकी है।

ऐसी सलाह थी आपकी, जो आपने अपने बीते हुए समय के हिसाब से दी थी। ऐसी सलाह और अनुभव बहुत पुराना है, जो आज की परिस्थितियों में फिट नहीं बैठता। आपने अपने समय में यह किया, वह किया, ऐसी बकवास सुनने के लिए कोई भी तैयार नहीं होगा। यह निश्चित मानो।

एक तालाब के किनारे एक बूढ़ा व्यक्ति बैठा था। उसने देखा, कुछ लोग छोटे-छोटे काँटों से एक-एक मछली पकड़ रहे हैं। उसे लगा सारे के सारे व्यक्ति बड़े बेवकूफ हैं। किसी में भी इतनी अक्ल नहीं, कि एक बड़ा काँटा लगायें

और एक साथ बहुत सारी मछलियां पकड़ लें। बूढ़े ने बड़े इत्मीनान से यह मशविरा उन लोगों को दे डाला। सभी इस मशविरे पर जोर से हँसने लगे। बूढ़े व्यक्ति को यह बात बड़ी बुरी लगी। उसने निश्चय किया कि वह अपनी बात इन लोगों को प्रत्यक्ष करके दिखायेगा। कैसे बड़े काँटे से एक साथ अनेक मछलियाँ पकड़ी जा सकती हैं।

वह व्यक्ति सीधे लोहार के पास गया और एक बड़ा कांटा, मजबूत लोहे का तैयार करवाकर ले आया। दूसरे दिन, कांटे को कंधे पर लाद कर जा पहुंचा उसी तालाब के किनारे। एकसाथ अनेक मछली फंसाने। दूसरे लोगों ने जैसे ही उस बूढ़े व्यक्ति के कंधे पर भारी-भरकम कांटा लदा देखा, वे जोर से हँस पड़े। यह देखकर उस व्यक्ति को और कुढ़न होने लगी। अब उसको लगा, तुरंत कांटा तालाब में फेंका जाय, और सैंकड़ों मछलियों को बाहर निकालकर, इन्हें बताया जाय कि बड़े काँटे में एक साथ अनेक मछली कैसे पकड़ी जाती हैं।

बूढ़े व्यक्ति ने पूरी ताकत लगाकर कांटा तालाब के बीचों-बीच फेंक दिया। घंटों बीत गये डोरी हिलाते-हिलाते, पर कांटे में कुछ भी आकर नहीं फँसा। मन ही मन वह व्यक्ति अब निराश होने लगा। जब भी कोई व्यक्ति उसकी तरफ देखता, वह और संभलकर डोर को पकड़ लेता और ऐसा उद्यम करता, जैसे कोई मछली फंसते-फंसते बड़ी मुश्किल से बच पाई हो।

दिन ढ़लते-ढ़लते और लोगों ने एक-एक करके काफी मछलियां इकट्ठी कर ली, लेकिन बेचारा बूढ़ा एक भी मछली नहीं पकड़ पाया। अन्त में निराश होकर, उसने जैसे ही काँटे को बाहर खींचना शुरू किया, तो एक झटके के साथ कांटा फंस गया। वह जोर-जोर से काँटे को खींचने लगा, लेकिन काँटा खिंच ही नहीं रहा था। यह देख अब तो बूढ़े व्यक्ति की बांछें खिल उठी। उसने सोचा चलो अनेक मछली नहीं, तो एक तो भारी भरकम मछली फंसी। बड़े काँटे से अनेक मछली पकड़ने की सलाह को वैसे नहीं तो ऐसे सार्थक करके बता दूँगा।

जब दूसरे लोगों ने उस बूढ़े व्यक्ति को डोर से जूझते हुए देखा, तो उनमें से कुछ लोग तरस खाकर उसकी मदद करने को आ गये। सभी जोर लगाकर डोर को खींचने लगे। एक झटके के साथ डोर धीरे-धीरे तालाब से निकलने लगी। ज्यों-ज्यों डोर तालाब से बाहर आती, त्यों-त्यों उस बूढ़े व्यक्ति का इत्मीनान दृढ़ होता जाता। अब तो दूसरे लोगों को भी कुछ समय के लिए लगा, कि बूढ़े की सलाह मानने योग्य थी। मन में ऐसे विचार चल ही रहे थे कि एक साथ सबने देखा, काँटे में एक मगरमच्छ का कंकाल खिंचा चला आ रहा था।

उस पिंजर को देख सभी लोग डोरी को छोड़-छाड़कर दूर हट गये और बूढ़े के कांटे की तरफ तालियाँ दे-देकर जोर से हँसने लगे। बूढ़े व्यक्ति ने जब कांटे में फँसे कंकाल को देखा, तो वह भी कांटा-डोर छोड़कर भाग छूटा।

तो कहीं आप भी, एक साथ अनेक मछलियाँ पकड़ने के लिए किसी बड़े कांटे की सलाह तो नहीं दे रहे। यदि दे रहे हैं, तो उस सलाह को मानने वाले कम, उसके परिणाम पर हँसने वाले ज्यादा होंगे। इसलिए सलाह देने का जो निःशुल्क काउंटर आपने खोल रखा है, कृपया तुरंत उसे बंद कर दीजिये। आपकी भलाई इसी में है।

धुंध के दीप — मानस भारतीय

अज्ञानी लोग, अपनी बातें अधिक सुनाते हैं, दूसरों की कम सुनते हैं। जबकि ज्ञानी लोग, दूसरों की अधिक सुनते हैं, अपनी कम सुनाते हैं।

-- -- --

सागर की गहराई में उतरकर तुम इतने नहीं डूब सकते, जितना अज्ञान की गहराई में उतरकर डूब सकते हो।

-- -- --

11 बीन के आगे भैंस भी नाचे

जिज्ञासा

जो कतई मूढ़ है, उसके सामने ज्ञान की बातें– जैसे भैंस के आगे बीन बजाना है। ऐसे मूढ़ व्यक्ति के जहन में कैसे कुछ ज्ञान की बूंदें उतारी जा सकती हैं? ऐसे व्यक्ति के लिए क्या सही ज्ञान है?

– संभव समाधान –

भरे पेट वाले व्यक्ति के पेट को और भर देना, जैसे भूख को मिटाना नहीं है। वैसे ही अज्ञान से पटे हुए व्यक्ति को ज्ञान की बात सुनाना, ज्ञान नहीं होता। जिसका पेट उल्टी-सीधी चीजों से भरा है, पहले वह पेट खाली करो। फिर उसको भूख लगने दो और जब वह भूख से तड़पने लगे, तो उसको उचित भोजन दो। फिर उसकी भूख मिटेगी। वैसे ही ज्ञान का अर्थ है। अज्ञानी का जब अज्ञान दूर होगा, तभी वह ज्ञान को समझ सकेगा। अन्यथा तो ज्ञान की सभी बातें उसको बेकार की ही लगेंगी।

आसमान की ओर नजर करके चलने वाले को जब तक ठोकर नहीं लगेगी, तब तक वह कभी आसमान से नीचे नजर नहीं उतारेगा। ज्ञान संसार के वैभव से बिल्कुल अलग है। इसे पाने के लिए, प्रथम उसको खोना पड़ेगा, जो उसने संसार में पाया है। जब पूर्ण रूप से ऐसा व्यक्ति खाली होगा, कोई और बोझ उसके दिल-दिमाग पर नहीं होगा, तो बहुत आसान होगा ज्ञान को समझना।

"जो घर फूंके आपणा, चलै हमारे साथ।"

अर्थात् संसार से जो पाया है, उसे जलाकर अपने आप को ज्ञान के लिए रिक्त करना। घर जलाने का साहस जो करता है, वही ज्ञान के लिए सच्चा पात्र है। घर जलाने से मतलब कोई घर गृहस्थी की वस्तुयें जलाने से नहीं, बल्कि मन के अन्दर जो मोह, माया, राग, द्वेष, अहंकार की अलग-अलग ऊँची-ऊँची इमारतें

बन गयी हैं, उन्हें ध्वस्त करने से है। जब यह सब कुछ होगा, तो आपका अपना घर फूंका हुआ ही समझो। फिर चाहे आप सोने-चांदी के महलों में वास करो या एक झोंपड़े में रहो, कोई फर्क नहीं पड़ेगा। ऐसे व्यक्ति के लिए दोनों स्थान एक समान होंगे। दोनों जगह रहने का उसे एक-सा अनुभव होगा। इस संदर्भ में एक घटना याद आती है-

एक बार कबीर दास जी का भक्त अपना घर फूंक कर रास्ते पर नंगे पैर चला जा रहा था। झोली कंधे पर थी, पर उसमें था कुछ नहीं। जैसे ही वह आगे बढ़ा, एक सोने की मौहर उसे रास्ते के बीचों-बीच दिखाई दी। उसने एक नजर मौहर पर डाली, पलभर ठहरा और फिर आगे बढ़ गया। थोड़ा आगे बढ़ा तो उसे रास्ते के बीच एक मिट्‌टी की खपरैल पड़ी दिखाई दी। उस व्यक्ति ने खपरैल को उठाया और झोली में रख लिया।

उस भक्त के पीछे एक भक्त और आ रहा था। लेकिन उसने अपना घर नहीं फूंका था। उसकी नजर जैसे ही सोने की मौहर पर पड़ी, थोड़ा इधर-उधर देखकर, तुरंत उसने वह मौहर अपने झोले में रख ली। पहले वाला भक्त मिट्‌टी की खपरैल झोले में भरता गया और दूसरा सोने की मौहरें। आगे जंगल में दोनों एक स्थान पर इकट्‌ठे हुए। दूसरे वाला भक्त पहले वाले भक्त की झोली देखकर बड़े जोर से हंसा और कहने लगा- "अरे! तुम बड़े बेवकूफ हो। झोले में क्या मिट्‌टी बटोर कर लाये हो। मैं तो समझ रहा था, तुम भी मौहर बीनते हुए चल रहे हो। क्या करोगे इस मिट्‌टी का?" पहले वाला भक्त शांतिपूर्वक सब कुछ सुनता रहा। भला जवाब भी क्या देता, जब मोह-माया का घर ही फूंक कर आया है तो।

उस निर्जन स्थान पर सिर ढंकने के लिए कहीं कोई जगह नहीं थी। बरसात के दिन थे। आगे रास्ते के बीच नदी उफान पर थी, सो कुछ दिन उनको यहीं पर बिताने थे। पहले वाले भक्त ने चार लकड़ियां इकट्‌ठी की और खपरैलों से एक छोटी छत तानकर अपना सिर ढंग लिया। जिस भक्त ने मौहरें इकट्‌ठी की थीं, वह अपनी झोली को थामे बैठा रहा। बरसात जोर से होने लगी तो वह बुरी तरह भीगने लगा। बहुत देर तक पानी में भीगते रहने से उसका शरीर ठंड से कांपने लगा। पहले वाले भक्त को देखकर अब वह मन ही मन सोचने लगा, कि उसने भी ऐसा ही क्यों नहीं किया? क्या करे इन मौहरों का? कैसे इनसे छत बनाकर सिर ढंके?

बहुत सोच-विचार के बाद दूसरे भक्त को फिर ख्याल आया, कि हम दोनों ने घर साथ-साथ फूंका था, लेकिन लगता है, इसका घर पूरा जल गया और मेरा घर अधजला रह गया। तभी तो मैंने मोह में आकर सोने की मौहरें इकट्ठी कर ली। रातभर भीगते-भीगते उसे इतनी आत्मग्लानी हुई, कि प्रातः होते ही उसने सारी मौहरें नदी के बहाव में छोड़ दी।

मूढ़ व्यक्ति को, ज्ञान की बातें जहन में उतारने के लिए जरूरी है, उसके घर को फूँकना, जिसमें उसने अज्ञान की बुलंद इमारतें बना रखी हैं। जब तक उनको धराशाई करने का प्रयास नहीं होगा, तब तक उसके जहन में ज्ञान का पानी नहीं उतरने वाला।

धुंध के दीप – मानस भारतीय

लक्ष्य प्राप्ति के लिए साधन महत्वपूर्ण नहीं, महत्वपूर्ण है साधना।

-- ❧ --

12 दान कीजिए सोचकर

जिज्ञासा

दान-पुण्य का काम लोग करते हैं, बड़ा अच्छा लगता है। भूखे को रोटी देना, प्यासे को पानी पिलाना बड़े ही महान कार्य हैं। किन्तु दुःख होता है, जब दान का काम बिना सोच-विचार के किया जाता है। फिर ऐसा दान-पुण्य के स्थान पर पाप अधिक लगता है। सही अर्थों में दान क्या है?

– संभव समाधान –

कोई कहता है ये करो। कोई कहता है वो करो। कोई कहता है यह खाओ, कोई कहता है वह खाओ। कोई कहता है यहाँ माथा टिकाओ, कोई कहता है वहाँ माथा टेको। सबके पास ऐसा-वैसा कराने के, अपने-अपने सटीक तर्क हैं। ऐसे तर्क जो आसानी से मन के गहरे में उतर जाते हैं। आदमी एक है, उसको चलाने वाले हजार। एक पतंग को, हजार डोर बांधकर, आसमान में ऊँचे उड़ाने की कौनसी कला है? कुछ समझना बड़ा मुश्किल है।

शांति के स्थान पर भीड़ का कोलाहल। आस्था के स्थान पर नास्तिक बनाने का पूरा प्रपंच। तर्क के स्थान पर भ्रमित करने की चतुराई। सहज मार्ग के स्थान पर चक्रव्यूह की जटिलता। और न जाने क्या-क्या? किस-किस उद्देश्य की पूर्ति के लिए? कोई पहाड़ की चोटी नहीं है, जहाँ प्रभु बैठकर आपका इन्तजार कर रहे हैं। प्रभु ने अपने कोई प्रतिनिधि नियुक्त नहीं कर रखे हैं, जो आपके लिए, प्रभु के दरबार में घुसने का कोई अनुज्ञा-पत्र दिला देंगे।

एक चोले के बाद दूसरा चोला। दूसरे चोले के बाद तीसरा चोला। अनेक चोलों में घूमने वाले बहरूपियों का काम भ्रमित करके, लूटने से अधिक कुछ नहीं। जिसको शांति का साधन बताया जाता है, कुछ समय बाद वही अशांति का कारण बन जाता है। जिसे भगवान का वास्ता देकर सत्य बताया जाता है, वही

जमाने का सबसे बड़ा झूठ होता है। जिसे दान कहकर बटोरा जाता है, वही सबसे बड़ी लूट होती है।

आपकी आँख बंद करवाकर पंडित जी जोर-जोर से मंत्रोच्चार कराते हैं, किन्तु नजर उनकी हमेशा दूसरे जिजमान पर टिकी होती है। दान-दाताओं की सूची आपको थमाकर समझाया जाता है कि आप कितने पानी में हैं? आपकी क्या औकात है? औरों की तुलना में आपका अपना कितना बड़ा वजूद है? क्या इसे श्रद्धा से लिया गया और श्रद्धा से दिया गया दान कहेंगे? यह है मनोवैज्ञानिक तरीके से जेब खाली कराने का उद्यम।

जब ऐसे शातिरों के बीच आप फंसे होते हैं, तो क्या उस प्रभु का आपको ध्यान रहता है? क्या आपको कुछ परम शांति का अनुभव होता है? क्या आप अपने मन की गहराई से महसूस करते हैं, कि आप कुछ धार्मिक काम कर रहे हैं?

जिसे आप भगवान का चढ़ावा समझकर दे रहे हैं, वही चढ़ावा अय्याशी के लिए खर्चा जाता है। कहीं वह चढ़ावा, शराब के पैमाने में उतरकर, नशे की घूंट बनता है। सब करने के बाद आप समझते हैं, बहुत पुण्य कमा लिया। आप भगवान के बड़े चहेते हो गये। आपका मन सोने से भी अधिक शुद्ध हो गया। कोई कालिख नहीं रही अब आपके भीतर। अहंकारी तो थे ही, अब दान-पुण्य के घमंड का मुलम्मा भी चढ़ गया आपके ऊपर। यदि यही धर्म है और यही दान-पुण्य है, तो अधर्म का तो वजूद ही खत्म हो गया।

भगवान का नाम लेकर, गला रेतने वालों का साथ देने से, संसार में पाप और फैलेगा। कोरे भ्रम में हो कि ऐसा करने से संसार में धार्मिकता और पुण्य बढ़ेगा। दान-पुण्य का सही अर्थ समझना बहुत जरूरी है। जो रोज खीर खाता है, उसको यदि आपने भी एक दिन खीर खिला दी, तो खाने वाले पर क्या फर्क पड़ा? जो रोज रोटी खाता है, उसको आप खीर खिलाते, तो बात कुछ और होती। जीवन भर वह व्यक्ति आपके भले की दुआ करता है।

दान करना है तो गरीब को करो। भोजन कराना है तो भूखे को कराओ। वस्त्र देने हैं तो नंगे को दो। फटेहाल का तुम तन ढंकोगे तो ईश्वर तुम्हारा तन ढकेगा। कुछ बांटना है तो ज्ञान बांटिये, जिससे लाखों व्यक्तियों का अंधेरा दूर हो सके। करना है तो कुछ ऐसा करो जो सबके काम आये। ऐसा करने से क्या लाभ, जो औरों के लिए बेकार का और खुद के लिए भी किसी मतलब का न हो।

13 सहज टूटता बड़ा कठोर

जिज्ञासा

कोमल छोटा और निर्बल होते हुए भी नहीं टूटता। जबकि कठोर बड़ा और बलवान होते हुए भी टूट जाता है– ऐसा क्यों?

– संभव समाधान –

टूटने की क्रिया कोमल और कठोर, दोनों में समान होती है। लेकिन प्रतिक्रिया स्वरूप, एक टूटने की क्रिया का सामना करने में सक्षम होता है, और दूसरा उसका सामना करने में अक्षम। बस यही अन्तर है, एक क्रिया के, दो अलग-अलग वस्तुओं पर, दो अलग-अलग परिणामों का।

दिखने में जो अक्षम लगता है, वह प्रतिकूल परिस्थितियों का धैर्यपूर्वक, बखूबी सामना कर लेता है। जो दिखने में सक्षम लगता है, वह परिस्थितियों से निपटने में, कमजोर साबित होता है। और टूट जाता है। तूफान आने पर दरख्त टूट जाते हैं, और झाड़ पर लिपटी बेल सुरक्षित बच जाती है। तेज से तेज तूफान भी बेल को नहीं तोड़ पाता। बाल भी बांका नहीं होता उसका। कनफूशियस जब मृत्यु शैय्या पर थे, तब उन्होंने अपने शिष्यों को अपने करीब बुलाया और बोले–

"जरा देखो, मेरे मुँह में जीभ है या नहीं?"

शिष्यों को गुरू की यह विचित्र आज्ञा सुनकर हैरानी हुई। कनफ्यूशियस ने मुँह खोला। शिष्यों ने झांककर देखा और कहा–

"गुरूदेव, जीभ तो सलामत है।"

तब कनफ्यूशियस ने दूसरा प्रश्न किया–

"... और दांत?"

शिष्यों ने उत्तर दिया-

''दाँतों का तो नामोनिशान भी नहीं है।''

कनफ्यूशियस मुस्कुराये और बोले-

''वे सारे दाँत कहाँ गये?''

इतना कहकर वे चुप हो गये। शिष्य एक-दूसरे का मुँह ताकने लगे। तब कनफ्यूशियस बोले-

''सुनो बेटों, इस राज को जान लो, वरना अब तक का तुम्हारा सारा ज्ञान यों ही बेकार चला जाएगा। जीभ है कोमल और सहनशील इस कारण उसका अस्तित्व अभी तक है। दाँत थे क्रूर और कठोर इसलिए वे नष्ट हो गये।''

दुआ करें कि हम भी अपने दिलों से क्रूरता और कठोरता को हटाकर, सहनशीलता और कोमलता का समावेश करें। तभी जीवन में सुखी और सफल बन सकेंगे। विपरीत परिस्थितियों का सहज और सहनशील रहकर ही मुकाबला किया जा सकता है। कठोर बने रहने से प्रतिकूल परिस्थितियाँ कभी अनुकूल नहीं बन सकती। यही कारण है, कोमल छोटा और निर्बल होते हुए भी नहीं टूटता, जबकि कठोर बड़ा और बलवान होते हुए भी टूट जाता है।

14 गुरू ज्ञान से लगे अधूरा . . .

जिज्ञासा

श्रेष्ठ गुरू कौन है- समझ नहीं पा रहा हूँ। मैंने अब तक कई गुरू बनाये। शुरू में तो कुछ ठीक लगा- थोड़े दिन बाद फिर वही अधूरापन सा महसूस होता है।

- संभव समाधान -

गुरू बनाने की क्रिया एक आम बात है। ईश्वर के बारे में जब भी विचार आता है, मन में पहली सोच यही उठती है, यदि ईश्वर के बारे में कुछ जानना है, या ईश्वर को पाना है, तो एक गुरू का होना अति आवश्यक है। यह धारणा सर्वव्याप्त है, बिना गुरू के ईश्वर प्राप्ति कदापि संभव नहीं।

आपके द्वारा, एक के बाद एक गुरू बनाना, इस बात को स्पष्ट करता है, या तो आप गुरू के काबिल नहीं, या गुरू आपके काबिल नहीं। आप जो कुछ पाना चाहते हैं- क्या वह गुरू के पास है? यदि नहीं- तो आप एक, सौ, हजार, लाख कितने ही गुरू तलाश लें, संतुष्ट नहीं हो पायेंगे। और वैसे के वैसे ही हर गुरू के पास से खाली हाथ लौटते रहेंगे।

ज्वर की दवा खरीदने यदि आप किसी पंसारी की दुकान पर जाओगे, तो क्या आपको ज्वर की दवा मिल सकेगी। ज्वर की दवा चाहिए, तो उसको पाने का सही स्थान दवाई की दुकान है। ऐसे ही जैसे, गुड़ खरीदने के लिए सही दुकान पंसारी की है।

तो आखिर आपको चाहिए क्या? अच्छे गुरू की तलाश क्यों है? और जिन-जिन गुरूओं के पास आप गये हैं- क्या उन्हें कोई तलाश नहीं? यदि उन्हें भी कोई तलाश है, तो आपकी तरह वे भी तो कहीं किसी गुरू की तलाश में हैं।

तो एक बड़ी भेड़ के पीछे छोटी भेड़ बनकर चलने से क्या लाभ होगा। क्योंकि बड़ी भेड़ अपने आगे वाली भेड़ की पूँछ को देखकर चल रही है। और उससे आगे वाली भेड़ उससे आगे वाली भेड़ की पूँछ को देखकर दौड़े जा रही है। और इस तरह सबसे आगे की भेड, गडरिये की लाठी के पीछे-पीछे अंधी होकर चले जा रही है।

पहले आप निश्चय करें कि– आपको ईश्वर की खोज है या गुरू की। और यदि आपको ईश्वर के लिए गुरू की खोज है- तो आपको निराश ही होना पड़ेगा। क्योंकि कोई गुरू आपको हाथ पकड़कर ईश्वर के घर में प्रवेश नहीं करा सकता।

जब आप गाड़ी चलाना सीखते हैं तो गाड़ी सिखाने वाला व्यक्ति आपको ड्राइविंग की मोटी-मोटी बातें ही तो बताता है। स्टेरिंग कैसे साधना है– कोई सामने आए तो ब्रेक कैसे लगेगा- गीयर बदलना हो तो क्लच कैसे काम करेगा– चौराहा कैसे पार करेंगे, आदि-आदि। इन्हीं मोटी-मोटी बातों से आप महीने-दो महीने में स्वयं गाड़ी चलाने लगते हैं। और साल-दो साल बाद, आप भरी भीड़ में भी बड़ी आसानी से गाड़ी चला सकते हैं। कुछ समय पश्चात् सौ की गति से भी गाड़ी दौड़ाने में आपको कोई दिक्कत नहीं होती। और ज्यों-ज्यों आपका अनुभव पुराना होता जाता है, त्यों-त्यों आप गाड़ी चलाने में और परिपक्व होते जाते हैं। परिपक्व होने के बाद, क्या आप जरूरत महसूस करते हैं, किसी गाड़ी सिखाने वाले की।

कुछ दिन ताश का खेल खेलने वालों के साथ बैठोगे, तो ताश खेलना खुद भी सीख जाओगे। और तुम भी ऐसे तुरप फेंकने लगोगे, जैसे पुराने खेलने वाले फेंकते हैं। हो सकता है, उनसे भी अच्छी चाल चलने में तुम कामयाब हो जाओ। किसी गुरू ने तो आपको पत्ते फेंकने नहीं सिखाये। बस देख लेने भर से आप ताश का खेल पूरी तरह सीख गये।

नवजात शिशु माँ की गोद में आते ही माँ के स्तनों से लिपट जाता है– और अपनी जिह्वा के कौशल से माँ के स्तनों से दूध निकालकर भूख मिटा लेता है। कौन गुरू स्तनों से दूध निकालने का कौशल उस नवजात शिशु को सिखाता है। भूख मिटाने के लिए ये सभी उद्यम उस नवजात शिशु को स्वयं ही करने पड़ते हैं। माँ के स्तनों से दूध निकालने के प्रशिक्षण के लिए वह किसी गुरू की प्रतीक्षा नहीं करता।

छोटा बच्चा जब बोलना सीखता है तो क्या कोई गुरू आकर उसको बोलना सिखाता है। अबोध बालक ये सारी क्रियायें अपने आप कर लेता है। क्योंकि ये सारी क्रियायें उसके जीवन के लिए आवश्यक हैं। और आवश्यक हैं– इसलिए ये क्रियायें स्वाभाविक हो जाती हैं। यदि आपने भी मान लिया है कि ईश्वर प्राप्ति आवश्यक है, तो जीवन की अन्य क्रियाओं के समान इसे भी स्वाभाविक होने दो।

अगर बीज पड़ चुका है, तो अवश्य अंकुरित होगा। और समय आने पर बड़ा वृक्ष जरूर बनेगा। बीज नहीं है, तो पेड़ बनने का उद्यम या इन्तजार फिजूल है। थोथे बीज में कितना भी पानी उडेलो, कभी फूटने वाला नहीं।

ईश्वर प्राप्ति की भूख, आपके अन्दर नवजात शिशु की भूख के समान होगी, तो ईश्वर रूपी दूध को पीने के लिए उद्यम आप स्वयं ही करेंगे। आग लगे घर से, व्यक्ति स्वयं ही बाहर निकलने के लिए छटपटाता है। अगर उसने महसूस कर लिया है, कि घर में आग लग चुकी है। और अगर बाहर नहीं निकला, तो उसका जल जाना निश्चित है। अपने आप को, आग से बचाने के लिए, वह कभी किसी और का इन्तजार नहीं करेगा। कोई दूसरा आएगा और आग में जलते घर से उसे बाहर ले जाएगा, यह सोचकर वह बैठा नहीं रहेगा।

तो कोई गुरू आपको गिरे से उठा तो सकता है, किन्तु उठाने के बाद, आपको हमेशा खड़ा रखने के लिए, आपका हाथ थामे नहीं रहेगा।

15 समझ अर्थ 'मैं' का तू बंदे

जिज्ञासा

> 'मैं' किस-किस से अलग है? आत्मा को 'मैं' कहा गया है। जप-तप इसे जानने के लिए ही बताया गया है। यह भी कहा गया है, कि कोई भी क्रिया 'मैं' अर्थात् आत्मा तक नहीं पहुँचती। यह कैसे सम्भव है?

– संभव समाधान –

'अहम् ब्रह्मास्मी' अर्थात् 'मैं ही ब्रह्म हूँ'। इस भौतिक शरीर में जो 'मैं' की गूँज है, वही तो ईश्वर का प्रतिबिम्ब है। जब आप कहते हैं– 'मैं हूँ, मेरा शरीर है', तो क्या आप एक होते हुए भी दो के रूप में अपने आपको विभक्त नहीं पाते?

'मैं' का स्वरूप कभी नहीं मिटता। शरीर को मौत आएगी किन्तु 'मैं' फिर भी रहेगा। मरते समय लोगों को कहते सुना होगा आपने– "मेरे जाने का समय आ गया" अर्थात् 'मैं' इस शरीर को छोड़कर कहीं दूसरी जगह जा रहा हूँ। तालाब के पानी में, तट पर खड़े वृक्ष का प्रतिबिम्ब दिखाई पड़ता रहता है। यदि तालाब का पानी सूख जाएगा, तो प्रतिबिम्ब दिखाई नहीं देगा। ऐसा नहीं है कि प्रतिबिम्ब लुप्त हो गया, तो वृक्ष भी लुप्त हो गया हो। वृक्ष तो अपने स्थान पर रहेगा ही। तालाब में फिर पानी भरेगा, तो प्रतिबिम्ब की झलक फिर दिखाई देने लगेगी।

जब आपके अन्तःकरण में ज्ञान का जागरण होगा, तो आपको 'मैं' के रूप में उसी ईश्वर का प्रतिबिम्ब स्पष्ट दिखाई देगा। यदि ज्ञान का तालाब आपके अन्तःकरण से सूख जाएगा, तो ईश्वर तो रहेगी ही, किन्तु उसका प्रतिबिम्ब आपके लिए अवश्य विलुप्त हो जाएगा। जिस ईश्वर की अनुभूति, हम अपने अन्तःकरण में, इस शरीर से अलग हटकर करते हैं, वही आत्मस्वरूप 'मैं' है। और वहीं 'मैं' आत्मा है। और वही आत्मा, उस परमपिता परमात्मा का एक सूक्ष्म अंश है।

माचिस की तीली में छुपी आग कभी आपको दिखती है क्या? एकदम नहीं। वह दिखाई तभी पड़ती है, जब उसको माचिस के ऊपर उचित तरीके से घर्षण किया जाता है। माचिस की तीली को जलाने पर बहुत छोटी लौ निकलती है। यदि उसी लौ को किसी जंगल में छोड़ दिया जाय, तो पूरे जंगल से विकराल आग की लपटें निकलने लगेंगी। जिस व्यक्ति ने कभी उस तीली की छोटी लौ को अपनी आँखों से नहीं देखा, क्या वह जंगल की विकराल आग को देखकर विश्वास करेगा, कि यह सब उस छोटी लौ का विस्तार है। तो वैसे ही हम उल्टा देखें, तो सर्वव्याप्त ईश्वर का एक छोटा अंश, हमारी आत्मा के रूप में, हमारे शरीर में विद्यमान है। सूक्ष्म आत्मा में सभी गुण वही हैं, जो सर्वव्याप्त ईश्वर में हैं। जैसे जंगल की विस्तृत आग और तीली की छोटी आग के गुण एक हैं।

संसार में सभी लोग ईश्वर के अस्तित्व को स्वीकार नहीं करते हैं। और जो स्वीकार करते हैं, वे भी मन में संदेह की स्थिति रखते हैं। बहुत कम लोगों का ईश्वर के बारे में अटूट विश्वास होता है। जो लोग ईश्वर के अस्तित्व पर संदेह करते हैं, उनको आत्मा का अस्तित्व भी वैसे ही धुंधला दिखता है, जैसे दूर अंधेरे में खड़े आदमी की शक्ल दिखती हो। जिन लोगों को ईश्वर का अस्तित्व दिखाई नहीं देता है, वे अज्ञानी पुरूष ऐसे ही कुछ नहीं देख पाते हैं, जैसे तालाब के अन्दर काई से ढंका हुआ जल दिखाई नहीं देता। अज्ञान की काई हटेगी, तो तालाब में भरा ईश्वर रूपी जल स्पष्ट दिखेगा।

जलते कोयले पर राख की परत चढ़ जाती है, तो कोयले के अन्दर की आग छुप जाती है। हमें अपनी आँखों से फिर आग नहीं, कोयले के ऊपर छाई राख की परत ही दिखाई देती है। थोड़ी फूँक मारने पर, राख की परत हटते ही आग पुनः स्पष्ट दिखाई देने लगती है। वैसे ही ईश्वर रूपी लौ को देखने के लिए, कुछ ऐसे ही फूँक मारने का उद्यम करना जरूरी है। और यह फूँक जप-तप-योग आदि क्रियाओं से ही संभव है।

आग के ऊपर जब आप भगवान के लिए भोग लगाते हैं, तो धूप-घी या लड्डू आग के ऊपर ही क्यों डालते हैं? जब आपको भोग लगाना है, और भगवान को ही लगाना है, तो इसे भगवान को सीधा ही क्यों नहीं खिला देते। सीधा-सीधा भोग लगाना तो यही है। लेकिन आप ऐसा नहीं करते। आग पर घी, लड्डू या धूप डालते ही पूरी सामग्री जल जाती है और जलने पर एक सुगंधित धुंआ निकलता है, जिसे आप कहते हैं कि यही भगवान का भोग है। अर्थात् सुगंधित धुंआ ही भगवान का सही आहार है। तो वैसे ही जप-तप-योग इस आत्मा का सुगंधित आहार है। और इसी आहार से आत्मा पुष्ट होकर परमात्मा

के मार्ग में अग्रसर हो सकती है। और जब आत्मा, परमात्मा के मार्ग पर अग्रसर हो जाएगी तो आपके कर्मों की दिशा स्वतः बदल जाएगी। ऐसे ही अच्छे कर्मों का भाव, उस परमात्मा तक आपकी आत्मा को लेकर जाएगा।

आत्मा के अच्छे भाव ही परमात्मा तक पहुँचते हैं। जैसे आग पर डाली गई सामग्री से उठा धुंआ ही भगवान का भोग है। इस प्रकार जप-तप-योग की क्रियाओं के द्वारा ही परमात्मा को पहचाना जा सकता है। जप-तप-योग हू-ब-हू परमात्मा तक कभी नहीं पहुँचते हैं। इन क्रियाओं द्वारा जो दिव्य ज्ञान आपको मिलता है, वही ज्ञान का प्रकाश आपको परमात्मा का दिग्दर्शन कराता है। और वही मोक्ष के द्वार खोलता है।

16 इच्छा का क्यों दास बने रे?

जिज्ञासा

मन में हजारों इच्छायें रोज पैदा होती हैं। प्रयास करता हूँ मन की सभी इच्छायें पूरी करने का। पर कभी-कभी लगता है, इच्छायें ज्यादा और जीवन के दिन कम हैं। क्या मन की सभी इच्छायें इस जीवन में पूरी हो सकती हैं?

– संभव समाधान –

यदि आज आप हिसाब लगाने बैठो तो नहीं लगा पाओगे, कि अब तक आपके मन में कितनी इच्छायें उठी थी, और कितनी इच्छाओं की आप पूर्ति कर सके। रोज हजारों इच्छायें आपके मन में उठती रही, और रोज उनकी पूर्ति की उधेड़बुन में आप व्यस्त रहे।

कोई व्यक्ति दृढ़ संकल्प करके गया एक बड़े पेड़ के नीचे। यह सोचकर कि पेड़ के सारे फल बीनकर वह अपने घर लाएगा। दृढ़ संकल्प करने वालों में बड़ा नाम था उसका। सब जानते थे उसके बारे में। उसने जो निश्चय किया है उसे वह अवश्य पूरा करेगा। स्वयं को तो विश्वास था ही, औरों ने भी जान लिया कि वह व्यक्ति जरूर वृक्ष के सारे फल बटोरकर ले आएगा। वृक्ष के नीचे खड़ा होकर वह व्यक्ति दिन-रात फल बटोरने लगा। ज्योंही पका फल नीचे पड़ता वह तुरन्त उठाकर टोकरे में रख लेता। रोज वह सोचता, आज जरूर पके फलों का अन्त हो जाएगा। कई रोज उसको ऐसे ही बीत गये। एक दिन उसने पेड़ की ओर देखा तो पाया– कि कुछ फल पूरी तरह पक गये हैं, जो झड़ने को हैं, कुछ अधपके एक-दो दिन में पकने वाले हैं। और जिस डाल पर पहले कुछ नहीं था, उस डाल पर नये फल लगने लगे हैं।

वृक्ष बारहों महीने फल देने वाला था। जितने फल पककर झड़ते, उतने ही नये फल पेड़ में आ जाते। व्यक्ति ने बड़ा दृढ़ निश्चय किया था सारे फल बटोरने

का- सो कैसे हार माने। कैसे अपने आपको समझाये कि वह ऐसे पेड़ के पूरे फल कभी भी नहीं बटोर सकता। जब उस व्यक्ति को ऐसा करते-करते पूरी उम्र बीतने को आई तो लोग उसकी इस करारी हार पर हँसने लगे। यह देख वह व्यक्ति मन ही मन बड़ा दुःखी हुआ। जीवनभर दिन-रात मेहनत करके भी वह सारे फल नहीं बटोर सका उस सदाबहार वृक्ष के। खूब हँसे लोग उसकी इस असफलता पर।

हँसने वाले नहीं जानते कि वे भी तो ऐसा ही कर रहे हैं। ये मन है। यह मन इच्छा रूपी फलों के लिए सदाबहार है। इसमें इच्छाओं के फल लगातार आ रहे हैं। जिसको आपने पा लिया वह इच्छा पके फल के समान पूरी हो गयी। जिस इच्छा को आप पूरा करना चाह रहे हैं, वह आपके फल के समान अभी मन में लटकी है। और जो इच्छा जागृत हो रही है वह नये फल के समान है। आप इच्छायें पूरी करते रहिये, नयी इच्छायें कच्चे फलों के समान आपके मन में उठती रहेंगी। अन्त किसका आएगा? फलों का अन्त तो कभी आने वाला है नहीं। अन्त तो आपका ही आना है।

चूंकि आपने स्वयं को बड़ा कर्मठ और दृढ़ निश्चयी मान लिया है, इसलिए आसानी से आप हार तो मान नहीं सकते। आखिरी सांस तक उस व्यक्ति की

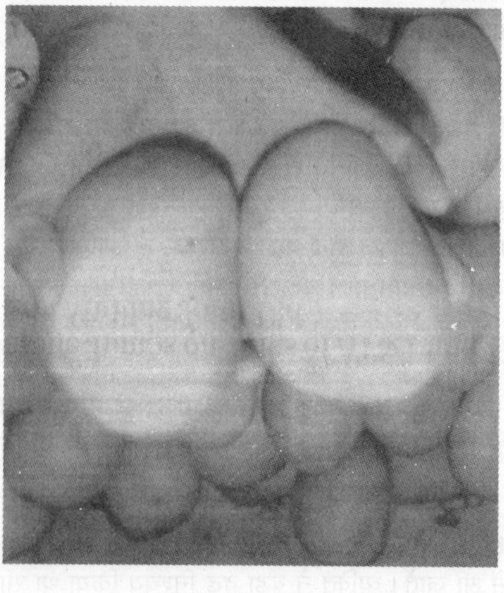

तरह आप पके फल बीनते रहेंगे। सफलता कभी न मिलेगी। जो फल पक कर पेड़ से गिर गया, वहाँ नया फल आ जाएगा। और जो आज कच्चा है, वह कल पक जाएगा। यह क्रम है। यह क्रम कभी नहीं टूटता। आप अपने हिसाब से इस क्रम के टूटने की कोई समय-सीमा मानते रहिए- लेकिन ऐसा होगा नहीं।

मन में इच्छा रूपी फल लगते रहते हैं और आप इच्छा पूर्ति की आस में जिये जाते हैं। सब कुछ भूल कर। जमाने को केवल यह दिखाने के लिए कि आप बड़े कर्मठ हैं। कोई भी इच्छा रूपी फल आपसे छूटना नहीं चाहिए। अगर छूट गया तो लोग आपकी कर्मठता का मजाक करेंगे। यदि आप ऐसा नहीं कर पाये तो लोग तानों से आपको जीने नहीं देंगे। पर आप विश्वास रखें अन्त में आपकी हार निश्चित है। हार तो होकर ही रहेगी।

एक उपाय है जीत का। उपाय भी बड़ा आसान। जीवनभर का श्रम जो बेकार जाना है, वह भी पूरा का पूरा बच जाएगा। कुछ ही पल में कच्चे-पक्के सब फल स्वतः ही आपकी झोली में झड़ पड़ेंगे। बस एक काम करना है आपको। बहुत सरल-सा काम। एक बार मन और शरीर की पूरी शक्ति लगाकर उस सदाबहार पेड़ की जड़ें काट दीजिए। आपकी जीत फिर निश्चित है। ऐसी जीत जिस पर हँसने का फिर कोई साहस नहीं कर सकेगा।

फलों के लिए सदाबहार रहने वाले पेड़ की जड़ें काटना ही एक उपाय है जीवन की उपलब्धि का। अन्यथा तो पके फलों की बौछार होती ही रहेगी उम्रभर। और इस अनमोल जीवन की ऊर्जा को आप बेकार ही क्षीण करते रहेंगे। अनियंत्रित इच्छओं के बारे में सही कहा है–

''इच्छा का क्यों दास बने रे, इच्छा बड़ी निराली है–
आज करोगे पूरी इसको, कल खाली की खाली है।''

17 सभी सुलायें-एक जगाये

जिज्ञासा

जैसी जो संगत में रहता है, वह वैसा ही हो जाता है। परिवेश आदमी के विवेक को भी बदल देता है। माना गया है, विवेक ही सर्वोपरि है। किन्तु जैसी संगत हो, आदमी वैसा ही बन जाता है। फिर विवेक सर्वोपरि कैसे हुआ?

– संभव समाधान –

जिसे आज दूसरे कर रहे हैं, कल उसे हम भी करेंगे। परम्परागत रास्तों पर चलना ही जीवन की सहजता है। ऐसा अधिकांश लोग मानते हैं। किन्तु जीवन तो सबका अलग है। उसकी पहचान अलग है। अनेकों द्वारा एक जैसा जीवन जीना परम्परा है। किसी वस्तु विशेष को देखकर मन को केन्द्रित करना और बिना किसी वस्तु विशेष के देखे ही मन का केन्द्रित हो जाना, दोनों में बड़ा अन्तर है। एक को करने के लिए किसी सहारे की आवश्यकता है, एक खुद-ब-खुद होता है। किसी को आधार मानकर जब आप आस्था रखते हैं, तो आप सगुण होते हैं। जब आप बिना आधार के आस्था रखते हैं, तो निर्गुण होते हैं। निर्गुण आप तभी होते हैं, जब आस्था के लिए आपको किसी आधार की आवश्यकता नहीं होती। आधार की आवश्यकता आपको उसी समय नहीं होती है जब आपकी आस्था दृढ़ होती है।

इसलिए तो जो परमहंस हैं, उनको किसी आधार के अवलम्ब की आवश्यकता नहीं। तिनके को उड़ने के लिए हवा के सहारे की जरूरत होती है। किन्तु हवा को उड़ने के लिए कभी हवा की आवश्यकता नहीं होती। ज्ञानी लोग बहुतेरे हैं, किन्तु परमहंस तो बिरला ही होता है। परमहंस कौन है? परमहंस वही है जो ज्ञानियों जैसे तर्क-वितर्क नहीं करे। ज्ञानी व्यक्ति वैसे ही तर्क-वितर्क करता है, जैसे परिवेश में वह जीता है। उसे पता नहीं कि वह तर्क के आधार पर, धर्म के नजदीक जा रहा है या धीरे-धीरे धर्म से दूर हो रहा है। धर्म के विषय में तर्क

करते-करते वह कब अधार्मिक हो जाता है, उसे ज्ञान ही नहीं रहता। आरम्भ में तो वह धार्मिक था किन्तु परिस्थितिजन्य तर्क-वितर्क ने उसे कब सही मार्ग से च्युत कर दिया और कब उसने अपनी वास्तविक पहचान खो दी-कुछ पता नहीं चलता।

एक रोचक कथा है-

एक सिंह का बच्चा था। उसकी माँ ने मरते समय अपने बच्चे को कुछ भेड़ों में छोड़ दिया था। भेड़ों ने उस सिंह के बच्चे को खिलाया-पिलाया, लालन-पालन किया और अपने बच्चे की तरह दुलार किया। शेर का बच्चा धीरे-धीरे बड़ा हो गया किन्तु उसमें सभी संस्कार भेड़ों के आ गये। जब कभी भेड़ें 'में-में' करती तो वह शेर भी 'में-में' करने लगता।

एक दिन जंगल का शेर भेड़ों के पास जा पहुँचा। उसने देखा कि उसी के स्वरूप और जाति का शेर भेड़ों की तरह मिमियाँ रहा है। उसे बड़ा आश्चर्य हुआ। और जब जंगल के शेर को देखकर भेड़ें जान बचाकर दूर भागने लगी, तो वह शेर भी अन्य भेड़ों के समान भागने लगा। इस तरह भेड़ों की तरह मिमियाते हुए और डर कर भागते हुए शेर के बच्चे को देखा तो जंगल के शेर को यह बड़ा बुरा लगा। उसने तुरंत भेड़ बने शेर से कहा-

"अरे मूर्ख! तू यहाँ इन भेड़ों में क्या कर रहा है?"

उसने डरते हुए कहा–

"मैं-मैं भी एक भेड़ हूँ, मुझे छोड़ो– मुझे जाने दो। मैं डर जा रहा हूँ।"

यह देख जंगल के शेर ने उसे ललकारा–

"अरे गंवार! मेरे साथ चल, मैं तुझे दिखाता हूँ कि तू कौन है?"

जंगल का शेर उस भेड़ बने शेर को एक तालाब के पास लेकर गया। उस तालाब के पानी में उसने उसका प्रतिबिम्ब दिखाया। अब उसे समझ आया कि वह भेड़ नहीं, वास्तव में एक शेर है।

तो एक परमहंस और ज्ञानी में यही अन्तर है। हर हाल में जो अपने विवेक के स्वरूप को एक रखता है वह परमहंस है। धर्म के नामों, धर्म की अलग-अलग व्यवस्थाओं या पूजा की अलग-अलग पद्धतियों से वह ईश्वर के बारे में कभी भ्रमित नहीं होता।

एक शिखर पर चाहे पैदल चलकर पहुँचा जाय, या उछल कर पहुँचा जाय, या किसी की पीठ पर बैठकर पहुँचा जाय, पहुंचने के इन अलग-अलग तौर-तरीकों से कोई फर्क नहीं पड़ता, ऐसा परमहंस मानते हैं। शिखर पर केवल पैदल चलकर ही पहुँचा जा सकता है, अन्य किसी तरीके से नहीं– यह जिद ज्ञानी लोग करते हैं!

ऐसा कुतर्क जब कोई ज्ञानी व्यक्ति करता है, तो वह अपनी वास्तविक पहचान खो देता है। या कहें कि उसका विवेक, तर्क से हार मान चुका होता है। वह व्यक्ति अपनी वास्तविक पहचान भेड़ों में रहने वाले शेर के समान खो देता है। और इस तरह वह न तो पूरा भेड़ ही बन पाता है और न शेर ही रहता है। दो राहों पर लटका ऐसा ज्ञानी सदैव अधूरा ही रहता है।

सोये विवेक को जगाने के लिए बहुत जरूरी है, किसी तरीके से उसको अपना असली रूप दिखाने का। तभी तर्कों तले दबा विवेक अपना असली रूप देखकर जाग सकेगा।

धुंध के दीप — मानस भारतीय

बिगड़े को बिगाड़ना सामान्य आदमी का काम है। बिगड़े हुए को सुधारने का यत्न कोई महापुरूष ही कर सकता है

-- ❧ --

एक दुर्गुणी को शैतान का दोस्त बनाना आसान है, पर उसको इंसान का दोस्त बनाना बहुत मुश्किल।

-- ❧ --

अनेक में से अपने आप को विशेष बनाना ही जीवन की सफलता है।

-- ❧ --

18 बिन मन देही धूल समाना

जिज्ञासा

उपदेशक कहते हैं मन को शरीर के अधीन मत करो। किन्तु जो शरीर है वही मन है और जो मन है वही शरीर। जब दोनों एक हैं तो अलग-अलग कैसे किया जा सकता है?

– संभव समाधान –

जैसे म्यान को देखकर कोई भी मान लेता है कि म्यान में तलवार तो होगी ही। जो व्यक्ति तलवार के बारे में थोड़ी-बहुत जानकारी रखता है, वह सही-सही कह सकेगा- कि म्यान में तलवार है या खाली म्यान है। जिसने तलवार और म्यान के बारे में केवल सुना है देखा नहीं, वह म्यान देखकर तलवार का होना मान ही लेगा।

तलवार अलग है और म्यान अलग। तलवार लोहे की होती है और म्यान चमड़े का। बड़ा अन्तर है दोनों में। तलवार की सुरक्षा अर्थात् लोहे की बनी वस्तु की सुरक्षा चमड़े का म्यान करता है। अजीब विडम्बना है। सख्त वस्तु की सुरक्षा असख्त वस्तु करती है। तलवार जिस चमड़े को आसानी से काट सकती है, उसी तलवार की सुरक्षा एक चमड़ा कर रहा है।

प्रकृति या बनावट के हिसाब से देखा जाये तो घातक तलवार ही होती है। तलवार का प्रहार बड़ा घातक होता है। किसी की भी गर्दन झट से काट दे। म्यान कोई घातक नहीं होता। कितना ही मारो, म्यान से कुछ नहीं कट सकता। कुछ काटने के लिए म्यान का यदि इस्तेमाल भी किया तो वह स्वयं ही टुकड़े-टुकड़े होकर बेकार हो जाएगा।

तलवार को किसी के सामने उठाओगे तो वह भय से कांपने लगेगा। यदि म्यान को किसी के सामने तान दिया तो वह आपके ऊपर हँसने लगेगा। उसको

पता है म्यान से कुछ नहीं बिगड़ने वाला। तलवार का प्रहार कभी खाली नहीं जाता। तलवार अगर मजबूत है तो लोहे को भी काट सकती है।

म्यान और तलवार का बड़ा अन्तरंग सम्बन्ध है। दोनों जब मिल जाते तो म्यान को देखकर ही लोग समझ लेते हैं, यह तलवार है। म्यान के अन्दर वास्तविक रूप से तलवार है या नहीं, यह जानने की प्रथम-दृष्टया कोई आवश्यकता नहीं। स्वाभाविक है, म्यान है तो तलवार होगी ही। अकेले म्यान का क्या अस्तित्व। खाली म्यान को कोई भी क्यों गले में डालकर घूमेगा।

शरीर भी तो वही म्यान है। चमड़े का बना हुआ। और तलवार है इस शरीर रूपी म्यान में अवस्थित मन। शरीर देखकर ही कोई जान लेगा कि मन शरीर में जरूर है। कोई दिव्य दृष्टा ही अन्तर कर सकता है, कोई शरीर बिना मन के भी है। यह पहचान कोई सामान्य आदमी नहीं कर सकता। सामान्य व्यक्ति की

नजर में, बिना मन के शरीर हो ही नहीं सकता। ऐसे ही जैसे बिना तलवार के म्यान नहीं हो सकता। बिना तलवार के यदि कोई म्यान को गले में लटकाये फिरता है, तो कोई महत्व नहीं है उस म्यान का।

बिना मन के शरीर का भी कोई महत्व नहीं हो सकता। बिल्कुल निरर्थक है ऐसा शरीर। पत्थर से भी अधिक बेजान। किसी मतलब का नहीं है ऐसा लोथड़ा। मन ही है जो तलवार का काम करता है जीवन में। जीवन की जीवन्तता मन से ही है। शरीर तो एक म्यान के समान है, जिसका काम केवल तलवार की सुरक्षा करना है। तलवार की तरह कौशल दिखाना नहीं। मन के बिना शरीर क्या कर सकता है। अगर मन न हो तो शरीर अच्छा बुरा करके भी अच्छे-बुरे का अन्तर नहीं कर सकता। सारी क्रियायें मशीन की तरह होंगी। कुछ पता नहीं होता मशीन को, वह मैला ढो रही है या फूलों के गुलदस्ते।

तो करना सब-कुछ मन को ही है। कौशल या हुनर मन को ही दिखाना है। अगर मन में तलवार की तरह धार नहीं है, तो कैसे भोग रूपी शत्रुओं का नाश हो सकेगा। म्यान रूपी चमड़े के शरीर से, भोग रूपी शत्रुओं का नाश थोड़े ही होगा। चूंकि शरीर तो चमड़े का बना है, इस चमड़े के बने शरीर से, आप भोग रूपी शत्रुओं को जीतना चाहोगे तो कैसे जीत सकोगे। मन ही है इसको जीतने का उपयुक्त हथियार। मन जितना तलवार के समान मजबूत होगा, वह उतनी ही आसानी से ऐसे शत्रुओं पर विजय पा सकेगा।

पर लोगों ने मन को शरीर से निकाल दिया है और गले में बिना तलवार के म्यान लिए घूम रहे हैं। और दृढ़ विश्वास भी है कि म्यान से ही सब-कुछ फतह कर लेंगे। ऐसे व्यक्तियों को तो न युद्ध का पता– न शत्रु का पता– न तलवार का पता– न म्यान का पता। ये लोग तो अपनी ही तलवार से अपना म्यान काटे जा रहे हैं, और सोच रहे हैं कि बहुत बड़ी जंग जीत लेंगे वे ऐसा करके।

शरीर और मन दो अलग-अलग होते हुए भी एक हैं। दोनों की प्रकृति एकदम भिन्न है। दोनों की क्षमता एकदम भिन्न है। पर हैं जरूर एक-दूसरे के पूरक। शरीर है तो मन है। मन है तो शरीर है। पर शरीर महत्वपूर्ण नहीं। महत्वपूर्ण तो मन ही है। मन विध्वंश भी कर सकता है और सृजन भी। जैस तलवार से शत्रु की गर्दन भी काटी जा सकती है और स्वयं की रक्षा की जाती है।

मन से बड़ा शरीर नहीं है। शरीर से बड़ा मन है। मन नियंत्रित है, तो शरीर के अनियंत्रित होने की कोई वजह ही नहीं। मन के समक्ष शरीर का कोई वजूद नहीं। शरीर का वजूद तो तभी है जब उसमें मन है। मन रहित शरीर के लिए क्या कल्याणकर है और क्या अकल्याणकर, कौन विचार करेगा? मन अर्थात् बोध-रहित शरीर गड्डे में गिरेगा या पहाड़ पर चढ़ेगा, एक अंधे की चाल के समान है अनिश्चित गन्तव्य है।

19 एक है मन, पर लोभ घनेरे

जिज्ञासा

आजकल धर्म सभाओं में देखा जाता है, लोग बड़ी भीड़ में जमा होते हैं। प्रवचन भी ध्यान से सुनते हैं। अच्छी-अच्छी बातों पर बार-बार तालियाँ भी पीटते हैं। कोई संगीत लय हो तो थिरकने भी लगते हैं। यह देखकर तो लगता है, ऐसे लोग प्रवचन सुनकर अपने आपको पूर्ण रूप से सुधार लेंगे। लेकिन परिणाम शून्य ही नजर आता है। एक-दो व्यक्ति के अलावा किसी में कुछ परिवर्तन दिखाई नहीं देता। क्या यह मिथ्या और समय की बर्बादी नहीं है?

– संभव समाधान –

एक पेड़ में हजारों पत्ते होते हैं। एक ही पेड़ के हिस्से हैं वे सब। किन्तु वे सब अलग-अलग जन्म लेते हैं और अलग-अलग पतझड़ का शिकार होते हैं। दिखते साथ-साथ हैं पर साथ कभी नहीं होते। पतझड़ में पेड़ की शाखों से टूटकर सब पत्ते अलग-अलग दिशाओं में उड़ जाते हैं। कोई पेड़ के पास ही मिट्टी में दबकर नष्ट हो जाता है। कोई मीलों का सफर तय करके खो जाता है। सभी पत्तों का जन्म एक वर्ष के लिए होता है। एक वर्ष जीवन जी लेने के पश्चात्– बचपन, जवानी और बुढ़ापे से गुजरते हुए पतझड़ रूपी मौत का शिकार होते हैं। दिखने में तो लगता है पत्तों का जन्म एक साथ हुआ। पत्तों में यौवन साथ-साथ आया। और पतझड़ का शिकार साथ-साथ हुए। पर वास्तव में क्या सब साथ हैं। एक शाख में लगे पत्ते भी कभी साथ नहीं हो सके, तो पेड़ के सभी पत्ते तो कैसे साथ होंगे।

बस कोई साथ है तो केवल एक पत्ते का ही अपना साथ है। पेड़ में लगे पत्तों में से कुछ पत्ते बीमार होकर समय से पूर्व मर जाते हैं। कुछ पत्ते रूग्ण बने

रहकर पूर्ण रूप से विकसित नहीं हो पाते। इससे स्पष्ट हो जाता है कि पेड़ का एक-एक पत्ता बिल्कुल अलग है। दिखता जरूर साथ है पर साथ कत्तई नहीं।

वही हाल तो धर्म सभाओं में इकट्ठी होने वाली भीड़ का है। सभा में बैठे लोग झुंड बने दिखते हैं। एक नजर डालने पर लगता है, सब एक जैसा ही सोच रहे हैं। एक जैसा ही सुन रहे हैं। एक जैसा ही समझ रहे हैं। पर ऐसा होता कभी नहीं। सब अलग-अलग सोचते हैं। सब अलग-अलग सुनते हैं। सब अलग-अलग समझते हैं।

धर्म गुरू ने सभा में प्रवचन के दौरान बोला– आपको झूँठ नहीं बोलना चाहिए। झूँठ बोलना बड़ा पाप है। 'झूँठ नहीं बोलना चाहिए'– सबके कानों में एक साथ ये शब्द टकराये। हजारों लोगों की भीड़ से भरे सम्मेलन में कुछ ने– 'झूँठ नहीं बोलना चाहिए' सुना तो जरूर पर दूसरे ही क्षण इसे अनसुना कर दिया। यह सोचकर कि बहुत बार, बहुत जगह पढ़ा है। बहुत बार, बहुत लोगों से सुना है। बार-बार यही दोहराते रहते हैं सब।

कुछ लोगों को 'झूँठ नहीं बोलना चाहिए' थोड़ा ध्यान से सुना। फिर दिमाग लगाया और तर्क के मूड में आ गये। स्वयं से तर्क करने लगे– झूँठ क्यों नहीं बोलना चाहिए? क्या जो प्रवचन दे रहे हैं, वे कभी भी झूँठ नहीं बोलते? जिन लोगों के हाथ में इस देश की बागडोर है, क्या वे झूठ नहीं बोलते? क्या रामचन्द्र जी ने रामायण में झूँठ नहीं बोला? क्या महाभारत में कृष्ण भगवान ने झूँठ नहीं बोला? जब बड़े-बड़े लोग झूँठ बोलने में नहीं चूकते, तो फिर हमारे झूँठ बोलने से ही कौन सा बड़ा पाप हो जाएगा?

उसी धर्म सभा में बैठे कुछ लोगों ने 'झूँठ नहीं बोलना चाहिए' सुना जरूर पर स्वार्थवश, उनका मन मानने के लिए कतई तैयार नहीं हुआ। वे सोचने लगे, अगर झूँठ बोलना छोड़ दिया तो ग्राहकों से मोल-भाव कैसे कर सकेंगे। ग्राहक से लाभ तो बार-बार झूँठ बोलने पर ही होता है। अगर झूँठ नहीं बोला तो कदम-कदम पर अटके स्वार्थ कैसे सिद्ध हो सकेंगे। झूठ बोलेंगे तभी तो घर में बीवी-बच्चों से सभी काली करतूतें छिपी रह सकेंगी, अन्यथा तो धर में बवंडर पैदा हो जाएगा। घर की सारी शांति भंग हो जाएगी। ऐसे लोगों की झूँठ के बारे में इस धारणा से तो लग रहा था, कि ये लोग बिना झूठ के एक पल भी खड़े नहीं रह सकते। जैसे बिना जल के मछली का जीवन असंभव है, वैसे ही ऐसे लोगों का झूँठ के गहरे तालाब में डूबे रहना आवश्यक है।

उसी सभा में कुछ लोग, जो जीवन भर झूँठ बोलते रहे और झूँठ के आधार पर जमाने को बेवकूफ बनाते रहे। ऐसे लोगों ने अब झूँठ से ऊबकर तनिक अपने सोये मन को झंझोड़ा और आदेश दिया– कि अब झूँठ नहीं बोलना है। ऐसे लोगों की नजर में झूँठ इसलिए नहीं बोलना है कि झूँठ बुरी बात है, बल्कि ऐसे लोगों के हिसाब से झूँठ इसलिए नहीं बोलना है कि झूँठ बोलने में जो सार था, वो उन्होंने पूरा का पूरा निचोड़ लिया है। अब इनके लिए झूठ बोलना न बोलना बराबर है।

उस भीड़ में बैठे लोगों का एक-आध प्रतिशत समूह ऐसा था जिसने धर्म गुरू की झूँठ न बोलने वाली बात बड़े गौर से सुनी। उसकी बात पर मन की गहराइयों तक मनन किया। और मन ही मन निश्चय किया कि, आज और अभी से वे झूठ जैसी बुरी चीज का परित्याग कर देंगे।

जैसे किसी सोते व्यक्ति पर आप लोटा भर पानी उड़ेल दो, तो वह भड़भड़ा कर उठ बैठता है। वैसे ही गुरूजी ने इन लोगों पर जैसे लोटा भर पानी फेंककर इनको नींद से जगा दिया था। अब तो इन्हें पश्चाताप भी होने लगा– कि आज तक उन्होंने झूँठ बोला तो क्यों बोला। बहुत बड़ी भूल की झूँठ बोलकर। बंद आँखें खोल दी गुरू महाराज ने। गुरू का बड़ा उपकार मानते हुए, प्रत्युत्तर में गुरूजी की ओर कभी दोनों हाथ ऊपर करने लगे, तो कभी तालियाँ पीटने लगे। गुरूजी ने ऐसे लोगों का उत्साह देखकर जान लिया कि कम से कम कुछ लोग तो अब आजीवन झूठ नहीं बोलेंगे।

सम्मेलन खत्म हुआ तो ऐसे दृढ़ निश्चय करने वाले लोगों को पंडाल से बाहर खड़े भिखारियों ने घेर लिया। जब सामने आकर भिखारी हाथ फैलाने लगे

तो कोई व्यक्ति जेब में हाथ डालकर कहने लगा, जेब खाली है, जबकि जेब में पैसे थे। कोई जेब को टटोलने का नाटक करते हुए बोला, छुट्टे पैसे नहीं हैं, जबकि जेब छुट्टे पैसों से भरी थी। इस तरह अधिकांश लोग तो पंडाल से बाहर आते ही पुनः झूँठ की शरण में चले गये। कुछ ने घर पहुँचते-पहुँचते झूँठ का आश्रय ले लिया।

जब एक मनुष्य के कर्म, मन, बुद्धि और सोच एक नहीं हो सकती, तो इनको धारण करने वाले अनेक लोग कैसे एकसाथ हो सकेंगे। आप एक-एक पल में हजार-हजार बातें सोचते हैं। मन में अच्छे-बुरे विचार निरंतर आते रहते हैं। कर्म उन विचारों के कितने अनुकूल और कितने प्रतिकूल होते हैं। हिसाब लगाओगे तो समझना आसान होगा। बातें सभी अच्छी-अच्छी करते हैं, पर कर्म किसी की, बातों के अनुरूप नहीं होते।

मनुष्यों का समूह साथ बैठ सकता है। साथ उठ सकता है। साथ खा सकता है। पर साथ कभी एक जैसा सोच नहीं सकता। और सोचने से ही तो जीवन की तमाम क्रियायें संचालित होती हैं। अच्छे उपदेश हाथ, कान या आँखों का भोजन नहीं हैं, यह तो मन का भोजन है। अगर भोजन मन तक पहुँचकर कोई पोषण नहीं करता है तो ऐसी धर्म सभाओं में सुने गये उपदेश मिथ्या और समय की बर्बादी से हटकर कुछ नहीं।

धुंध के दीप — मानस भारतीय

बुरी बातें जितनी देर तुम्हें याद रहती हैं, अच्छी बातें उतनी ही जल्दी तुम भूल जाते हो।

-- ❧ --

मजमा लगाकर जो लोग धर्म के बारे में बोलते हैं, वे धर्म को धर्म के हिसाब से नहीं, अपने हिसाब से ही समझाते हैं।

-- ❧ --

20 रैन कटी उड़ता रे पंछी

जिज्ञासा

सूफी संत कबीरदास जी ने कहा है, यह तन कच्चे घड़े के समान है। हल्का सा झटका लगते ही यह फूट जाता है। और फूटने पर कुछ हाथ नहीं आता। फिर मनुष्य क्यों ऐसे कच्चे तन के लिए, मजबूत और फौलादी गढ़ बनाता है? अस्थाई तन द्वारा, स्थाई गढ़ को अपना मानना क्या विरोधाभास नहीं है?

– संभव समाधान –

कबीरदास जी ने जीवन में शरीर को एक कच्चे घड़े के समान सही बताया है। जिस तन के ऊपर मनुष्य इतना गर्व करता है, वह बिल्कुल भी मजबूत नहीं। यह तन माटी के घड़े से ज्यादा कुछ नहीं। और घड़ा भी कच्चा। घड़ा पक जाय तो थोड़ा मजबूत हो जाता है, लेकिन कबीरदास जी तो शरीर को एक कच्चे घड़े से ज्यादा कुछ मानते ही नहीं।

जीवन अस्थाई है। क्षणिक है। हाथ में बंधी हुई घड़ी, न केवल समय बताती है, बल्कि टक-टक की ध्वनि निकालकर संकेत करती है, कि जीवन निरंतर कट रहा है। निरंतर घट रहा है। आप जहाँ हैं, वहाँ के मालिक नहीं, बल्कि एक मेहमान हैं। मनुष्य यह बात सहज नहीं समझ पाता। जो इस मर्म को जान लेता है, उसकी सोच सांसारिक संसाधनों के प्रति एकदम भिन्न हो जाती है। जैसे एक मेहमान को, जो साधन उपलब्ध होते हैं रहने, खाने-पीने के लिए, उसको उन साधनों में एक अस्थाईपन की झलक निरंतर दिखाई देती है और इसीलिए वह अपने लगाव को, ऐसी चीजों के लिए नियंत्रण में रखता है।

जैसे आप रेल से यात्रा करने के लिए एक निश्चित स्थान का टिकट खरीदते हैं। रेल आने पर स्थान ग्रहण करते हैं। और गन्तव्य आने पर सहज भाव से उतर जाते हैं। सफर के दौरान क्या कभी आप सोचते हैं कि आपको इस रेल

में ही बैठे रहना है। एक क्षण के लिए भी ऐसा विचार नहीं आता आपके मन में। क्योंकि आपको अच्छी तरह पता है कि आपका और रेल का साथ कुछ दूरी का ही है। गन्तव्य आने पर हर हाल में इस रेल से आपको उतरना है। इस संसार में आप अपने को एक मुशाफिर ही समझिये। और मुशाफिर वाली सोच इस घर-परिवार के लिए बनाइये। इन चीजों में आसक्त होकर अपने आपको भूल जाना बड़ी नादानी है।

स्थाई घर जाने के लिए अस्थाई घर को छोड़ना ही पड़ेगा। जैसे एक कन्या विवाह से पहले अपने पिता के परिवार का अंग बनकर रहती है और परिवार के अन्य सदस्यों के साथ सुख-दुःख में हाथ बँटाती है, लेकिन उसकी दूर-दृष्टि में अपने होने वाले पति का घर निरंतर बना रहता है। आपको भी अपनी दृष्टि में निरंतर वह घर ध्यान रखना चाहिए, जहाँ एक दिन आपको अवश्य जाना है। परमात्मा का बड़ा घर ही आपका स्थाई घर है।

प्रसंगवश एक घटना का वर्णन याद आता है। एक संन्यासी शहर से गुजर रहा था। रात होने पर वह राजभवन के निकट पहुँचा। उसने सोचा क्यों न आज यहीं रात बिताई जाय।

उसने राजभवन के बाहर खड़े सिपाहियों से कहा– ''भाई, मुझे रात काटने के लिए इस सराय में रहने की अनुमति दी जाय।'' यह सुनकर सिपाहियों को गुस्सा आ गया। वे गुस्से से बोले–''अरे मूर्ख! यह सराय नहीं राजा का महल है।'' संन्यासी ने बड़े मृदु शब्दों में कहा–''भाई मेरी दृष्टि में तो यह एक सराय ही है। महल तुम लोगों की नजरों में होगा।'' इस पर बहस चल ही रही थी कि

ऊपर से राजा ने यह सब देख लिया। राजा तुरंत महल से नीचे आया और संन्यासी से बोला– "यह सराय नहीं, मेरा राजमहल है।" तब संन्यासी ने मुस्करा कर कहा– "यही बात बीस वर्ष पहले तुम्हारे दादा ने कही थी। फिर दस वर्ष पहले तुम्हारे पिता ने। और अब तुम भी इसी अहंकार में हो। तुम से पहले इस महल के मालिकों का अब कोई अता-पता नहीं रहा। तो इस बात की क्या गारंटी है कि तुम मुझे अगली बार मालिक के रूप में इस महल में ही मिल सकोगे?"

संन्यासी की बात सुनते ही, राजा का विवेक जाग गया। उसने संन्यासी के पैर पकड़ते हुए कहा– "महाराज! वास्तव में मैं इसका मालिक नहीं मेहमान ही हूँ। यह राजमहल नहीं सराय ही है। जहाँ कुछ समय के लिए मुसाफिर आते हैं– थोड़ा विश्राम करते हैं– और चले जाते हैं।"

आज यहाँ जिस पुण्य-बल से आप ऐशो-आराम का जीवन जी रहे हैं, उसका सफर बहुत लम्बे समय तक नहीं चलने वाला है। बर्फ के टुकड़े को रेगिस्तान की गर्मी में रख दिया जाय तो पिघलने में कितनी देर लगेगी। बड़ा होगा तो पाँच घंटे और छोटा हुआ तो पांच मिनिट। परंतु बर्फ का पिघलना निश्चित है। पिघलने के कुछ देर बाद बर्फ का निशान भी नहीं रहता। मौज-मस्ती का निशान भी एक बर्फ के टुकड़े के समान समाप्त हो जाना है। यह बात संसार में आसक्त हर व्यक्ति पर लागू होती है।

इस जीवन को एक मुसाफिर का रूप देकर सहज और प्रसन्नता से जिया जा सकता है। कच्चे तन के प्रति इतना आसक्त होकर जीवन की सच्चाई से बेखबर रहना और वास्तविक जीवन से भटकना बहुत बड़ी नासमझी है। जिस पानी में तुम डूबकर बैठे हो, रफ्तः-रफ्तः अपने आप को उससे बाहर निकालिये, अन्यथा इस मोह के पानी में तुम गल कर सहज मिट जाओगे।

धुंध के दीप — मानस भारतीय

तुम जितना आगे की सोचते हो, उतना तुम्हें पीछे का समय भी याद रखना चाहिए।

-- ✧ --

जिन्हें तुम अपना कहते हो समय आने पर सबको छोड़ना पड़ता है, ऐसे ही जैसे उँगलियों के बढ़े हुए नाखून और सिर के बढ़े हुए बाल शरीर से अलग करने पड़ते हैं।

-- ✧ --

21 सुख में साथ सभी होते

जिज्ञासा

सुख में दूर के भी अपने हो जाते हैं, लेकिन दुःख के समय अपने भी किनारा कर जाते हैं– ऐसा क्यों?

– संभव समाधान –

क्योंकि औरों की तरह आप भी स्वार्थी हैं। स्वार्थ होता है तभी आप कोई सम्बन्ध दूसरे से बनाने की चेष्टा करते हैं। जब किसी व्यक्ति से स्वार्थ सिद्ध होने की संभावना शून्य हो जाती है, तो सम्बन्ध भी वैसे ही शून्य होने लगते हैं। यह सम्बन्ध ऐसे ही तोड़ दिया जाता है, जैसे स्वार्थ के लिए जोड़ा गया था।

स्वार्थ पहले होता है, अपने-पराये बाद में। संसार का नियम है, जैसी क्रिया है उसकी प्रतिक्रिया भी वैसी ही होती है। जब आपका मन स्वार्थी है, तो दूसरे से निःस्वार्थ होने की उम्मीद करना बेइमानी ही होगी। स्वार्थ रहित सम्बन्ध जहाँ होगा, वह सम्बन्ध सदैव हरा-भरा रहेगा। सुख-दुःख की धूप-छाँव ऐसे सम्बन्ध पर कोई प्रभाव नहीं डाल सकेगी। जब तक सम्बन्धों को स्वार्थ के तराजू में तौलते रहोगे, तब तक किसी से कोई सच्चा सम्बन्ध नहीं जोड़ सकोगे। सुख के समय आपसे किसी को स्वार्थ था तो दुःख के समय आपका किसी से स्वार्थ हो सकता है। बस यही सम्बन्धों के टूटने और जुड़ने का मर्म है। किसी से निःस्वार्थ सम्बन्ध कायम करो, फिर देखना वह सम्बन्ध चाहकर भी नहीं टूट सकेगा।

धुंध के दीप — मानस भारतीय

जिस व्यक्ति के सम्बन्ध में स्वार्थ की चिकनाई है, वह सोते-जागते तुम्हें फिसलाने की जुगत में रहता है।

-- ❧ --

जिससे तुम जितनी उम्मीद रखते हो वह उतना ही तुम्हें निराश करता है।

-- ❧ --

22 ना मेरा ना तेरा घर ये

जिज्ञासा

बहुत बातें ऐसी हैं जिन्हें व्यक्ति रोज देखता है, रोज उनसे गुजरता है, लेकिन महसूस कभी नहीं करता। जबकि ऐसी बातें ही मनुष्य की सोच को पल-पल बदलती रहती हैं। यह अपना है, यह पराया है, यह मेरा है, यह तेरा है। यह सब अन्तर करने का ज्ञान कौन देता है? जिस घर को हम अपना कहते हैं, क्या सही में वह अपना है? या केवल एक भ्रान्ति?

– संभव समाधान –

आप बड़े इत्मीनान से अपने घर में बैठे हैं। खिड़की- दरवाजे अपनी जगह अपना-अपना काम कर रहे हैं। एक मक्खी आकर आपके चेहरे पर बैठ गई। आपने हाथ हिलाकर उसे हटा दिया। मक्खी को आपका चेहरा भा गया। वह फिर आकर आपके चेहरे पर बैठ गयी। आपने फिर उसे भगा दिया। मक्खी बार-बार बैठे जा रही है। आप बार-बार उसे हटाए जा रहे हैं। आपको इस बात की कोई गिनती नहीं, कि मक्खी को आप अब तक कितनी बार चेहरे से हटा चुके हैं। बड़े सहज रूप से यह क्रिया चल रही है। अभी आप मक्खी को पूरी तरह हटा भी नहीं पाये थे, कि एक चींटी आपके पैरों पर चढ़ने लगी। उसको भी आपने पैर झटक कर दूर कर दिया। चींटी फिर आपके पैर पर चढ़ने का प्रयास करती है, आप फिर उसे दूर कर देते हैं।

अभी आपका ध्यान पूरी तरह मक्खी और चींटी की ओर गया भी नहीं था, कि खिड़की के रास्ते से एक चिड़िया, चोंच में बहुत सारा घास-फूस लेकर आई और घर के एक कौने में जगह देखकर जमा करने लगी। चिड़िया फिर बाहर गई और फिर घास-फूस लेकर आ गई। देखते ही देखते घास-फूस के इस ताने-बाने से चिड़िया ने एक घोंसला बना डाला। आपने चिड़िया का यह कार्य भी सहज भाव से देखा। निर्विघ्न रूप से, संसार के और जीव भी आये। एक-एक

करके जिनको आपके घर में घर बनाकर रहना था, वे घर बनाकर रहने लगे। और जिनका कोई अलग उद्देश्य था, वे भी अपना उद्देश्य पूरा करते रहे।

आपके ध्यान में कभी यह नहीं आया कि जो घर आपका है, जिसे आपने बड़ी मेहनत और पसीने से खड़ा किया है, फिर दूसरे जीव आपके इस घर में कैसे आ जाते हैं? वह भी बिना आपकी आज्ञा लिये। चलिए, बिना पूछे घर में आने तक तो ठीक है, किन्तु आकर वे अपना घर तक बना डालते हैं। आपके मना करने पर भी वे नहीं मानते। आप कई बार चिड़िया का घोंसला घर से बाहर फेंक देते हैं, और दूसरे दिन चिड़िया फिर घोंसला तैयार कर लेती है। आप हटाए जाते हैं, वह बनाए जाती है। जिस अधिकार से आप उसका घोंसला उठाकर फेंकते हैं वह भी उसी अधिकार से अपना घोंसला फिर बना लेती है।

यदि कोई व्यक्ति आपके घर में बिना आज्ञा प्रवेश कर जाये, तो आप उसे बुरा-भला कहकर बाहर कर देते हैं। यदि कोई दूसरा व्यक्ति आपके घर में रहने लगे या आपके घर में आकर घर बनाये, तो आप अपनी जान पर खेलकर भी उसे ऐसा नहीं करने देंगे।

वैसे भी कोई व्यक्ति दूसरे के घर में घर बनाने की नहीं सोच सकता। क्योंकि समान जाति के जीवों की प्रकृति एक ही है। एक-दूसरे की मनःस्थिति से वे भली-भाँति परिचित हैं। अन्तर तब आता है, जब दो जीव एक-दूसरे की मनःस्थिति समझने में असमर्थ हों। मनुष्य हाथी की मनःस्थिति नहीं समझ सकता। घोड़ा, गाय की मनःस्थिति नहीं समझ सकता। चींटी, शेर की मनःस्थिति

समझने में असमर्थ है। अर्थात् इस संसार में जितने भी प्रजाति के जीव हैं, उन सब की मनःस्थित अलग-अलग होती है और इसीलिए अलग-अलग मनःस्थिति वाले जीवों का संसार भी अलग-अलग है।

मनुष्य की मनःस्थिति सभी जीवों से अलग है। तो मनुष्य का संसार भी सभी जीवों से अलग हुआ। उसके घर की सीमायें दूसरे के घर की सीमाओं से अलग है। उसका प्रेम उसके सगे-सम्बन्धियों तक ही सीमित है। यदि कोई दूसरा व्यक्ति, उसके घर की सीमाओं को लांघकर, अपना अधिकार जमाने का प्रयास करता है, तो उसे बुरा लगता है। एक व्यक्ति से दूसरा व्यक्ति अपशब्द बोलता है, तो दूसरा व्यक्ति भी प्रत्युत्तर में अपशब्द बोलकर अपना बदला ले लेता है।

मनुष्य ने अपना संसार अपनी आँखों से देखा है। जिस सुन्दरता की वह कल्पना करता है, वह कल्पना उसके मन में विद्यमान है। हरियाली या झरने देखकर उसका मन मुग्ध हो जाता है। इसलिए कि मनुष्य को हरियाली या झरने अच्छे लगते हैं। रसगुल्ले देखकर मनुष्य के मुँह में पानी आ जाता है। इसलिए कि रसगुल्ले मनुष्य को अच्छे लगते हैं। यदि यही रसगुल्ले किसी शेर के सामने होंगे, तो वह रसगुल्लों को सूंघेगा भी नहीं। ताजा और कच्चा माँस देखकर शेर के मुँह में पानी आ सकता है। ताजा और हरी घास देखकर गाय के मुँह में पानी आ सकता है। तो क्या ताजा और हरी धास देखकर मनुष्य के मुँह में भी पानी आता है?

तो यह बात समझ आती है, कि जितने भी अलग-अलग प्रजाति के जीव इस संसार में हैं, उन सबकी दुनिया अलग-अलग है। और यह दुनियाँ समानान्तर है। मनुष्य यह मान ले, कि संसार केवल उससे ही बना है, तो महान भूल होगी। संसार दृश्य-अदृश्य, समस्त जीवों से बना है। और संसार में समस्त जीवों के अलग-अलग संसार हैं। मनुष्यों का संसार भी ऐसे ही है, जैसे चींटियों का संसार। जिसको मनुष्य उन्नति या विकास कहता है, वह तो उसके हाथ की केवल उच्छृंखलता है। एक बच्चे के द्वारा किसी वस्तु को तोड़ने या जोड़ने का उद्यम है। जैसे बच्चे के हाथ में गीला आटा दे दिया जाय, तो वह कभी उससे रोटी बना देगा, कभी उसको गोल करके गेंद बना देगा, कभी उसको चपता करके नाव की शक्ल दे देगा। जिसे आप परिवर्तन कहते हैं, या जिसे आपने अद्भुत उपलब्धि मान लिया है, वह दूसरे जीवों की दुनियाँ में कोई विशेष महत्व नहीं रखती। आपके अद्भुत कारनामे दूसरे जीवों को कभी प्रभावित नहीं करते। आपकी किसी भी उपलब्धि का दूसरे जीव कभी लोहा नहीं मानते।

घड़े में पचास कंकड़ डालकर हिलाया जाए तो क्या आप बता सकते हैं, आवाज किस कंकड़ के टकराने की आती है। वैसे ही तो संसार एक घड़ा है, और अलग-अलग जीव उस घड़े में बंद कंकड़। बंद घड़े में कौन जीवन कितना टकराकर आवाज कर रहा है, कोई फर्क नहीं पड़ता। बस संसार के बजते रहने की आवाज लगातार आ रही है।

जो घर की दीवारें आपने बनाई हैं, जिस घर को आप अपना कहते हो, वह घर आपकी प्रजाति के जीवों में ही आपका है। दूसरी प्रजाति के जीव आपके घर को कभी आपका नहीं मानते। जितना अधिकारिक रूप से आप अपने घर में प्रवेश करते हैं, उतने ही अधिकारिक भाव से दूसरे जीव भी, तथाकथित आपके घर में प्रवेश कर जाते हैं।

इसीलिए मक्खी आपके घर में आकर आपके चैहरे पर बैठने का साहस कर जाती है। चींटी-चींटे बड़े इत्मीनान से आपके घर में बेखौफ घुस कर अपना घर बना लेते हैं। बाड़ लगाकर भले ही आप इनको रोक दें, किन्तु समझाकर आप इनको कभी नहीं रोक सकते . . . और शक्ति से तो कोई भी किसी को रोक सकता है। आप जंगल के रास्ते से जा रहे हैं। रास्ते के बीच काला नाग फन उठाये बैठा है। उसने आपका आगे का रास्ता रोक दिया है। तो फिर भी क्या आप उसको मनुष्य होने का अहसास करायेंगे? क्या उसके ऊपर से लांघ कर रास्ता पार कर सकते हो? आपको अपना रास्ता बदलना ही होगा।

मनुष्य नाम के जीव ने अपने जहन में पाल रखा है, वही इस संसार का सर्वश्रेष्ठ प्राणी है। और उसी का संसार की समस्त वस्तुओं पर एकाधिकार है। इस संसार में वही होगा जो वह करेगा। यह धारणा एकदम मिथ्या है। यहाँ मनुष्य के समान असंख्य जीवों के अलग-अलग संसार विद्यमान हैं। इस घर या इस प्राकृतिक संपदा के आप अकेले मालिक नहीं हैं। अपनी-अपनी जरूरत के हिसाब से दूसरे जीव भी, इस प्राकृतिक संपदा पर अपना-अपना अधिकार रखते हैं। तभी तो कोई भी जीव, रेंगता हुआ बेधड़क आपके घर में प्रविष्ट हो जाता है।

आपने घर बनाया है। इस शक्ल को आप घर कहते हैं। किन्तु दूसरे जीव इस शक्ल से, घर के रूप में कतई परिचित नहीं होते। वे नहीं जानते कि ये घर है या कोई और चीज। आप अपनी आँखों से देखकर एक वृक्ष को वृक्ष कह देते हैं। किन्तु एक चींटी, जिसने इस वृक्ष की जड़ों में अपना बिल बना रखा है, वह कभी इस वृक्ष को वृक्ष नहीं कह सकती। क्योंकि उसका आकार बहुत छोटा है।

और उस छोटे आकार वाली चींटी की आँख भी बहुत छोटी है। तो छोटी आँख से बड़ी वस्तु एक साथ कैसे दिखाई दे सकती है? और चींटी की समग्र सोच में पेड़ की आकृति, समग्र रूप से एक साथ कैसे प्रतिबिम्बित हो सकती है।

जब आप नदी को देखते हैं तो उसे नदी ही कहते हैं। और दिखाई भी आपको नदी ही पड़ रही है। नदी को आप समुद्र नहीं कह सकते। जबकि वास्तविक रूप से तो नदी समुद्र का ही हिस्सा है। जैसे, जितना दिखाई देता है, उसकी सोच भी उसी हद तक सीमिति रहती है। जैसे आप पहाड़ की चोटी पर चढ़कर, नीचे का बहुत नजारा एकसाथ देख सकते हो। क्या उतना ही नजारा आप पहाड़ की तलहटी में खड़े होकर देख सकते हो? आपके पास आँखें हैं, फिर भी क्या संसार की समस्त घटनाओं को एकसाथ इन आँखों से देख पाते हो। जिस संसार को आप अपना मान रहे हो, अपने से बना हुआ समझते हो, वह तो केवल आपकी समझ है। संसार के समस्त जीवों का ऐसा मानना नहीं है। आपकी तरह दूसरे जीव भी, अपनी-अपनी मनःस्थिति से संसार को अपना-अपना मानते हैं। तभी तो आप द्वारा बनाई गई सीमायें दूसरे जीवों को नहीं रोक पाती।

सूरज की रोशनी में आपको भी दिखता है, दूसरे जीवों को भी दिखता है। चंदा की चांदनी का आप भी आनंद लेते हैं और जीव भी। जिस पानी से आप अपनी प्यास बुझाते हैं, उसी पानी से दूसरे जीवों की भी प्यास बुझती है। पानी पर क्या आपका एकाधिकार है? धूप और हवा पर क्या आपका एकाधिकार है? ऐसी अहम चीजों पर जब आपका एकाधिकार नहीं है, तो केवल जमीन पर आपका एकाधिकार कैसे हो सकता है?

जैसे कोई व्यक्ति कह दे, कि सूरज की सारी धूप का 'मैं' मालिक हूँ। मेरी इच्छा के बिना कोई दूसरा इस धूप का उपभोग नहीं कर सकता। तो क्या ऐसा होता है? सूरज उस व्यक्ति से पूछकर अपनी ताप बिखेरते हैं? वैसे ही इस जमीन पर, या इस जीमन के ऊपर खड़े किये गये मकान पर, आपका एकाधिकार नहीं हो सकता। आपको भी अन्य जीवों की तरह, यहाँ अपने जीवन को, एक राहगीर की तरह रहकर गुजरना है।

जहाँ-जहाँ आप जाते हैं, और कुछ समय जहाँ-जहाँ आप ठहरते हैं, वे सभी जगह क्या आप अपनी मानते हैं? कुछ क्षण ऐसी जगह ठहर कर, आप स्वतः उसे छोड़कर चल देते हैं। आपको ऐसी जगह यदि जोर जबरदस्ती से रोका भी जाय, तो आप रूक नहीं पाते। क्योंकि आप उस जगह को अपनी नहीं मानते। जहाँ-जहाँ आप ठहरते हैं उन सब जगहों को आप अपनी क्यों नहीं

मानते, जीवन के कुछ क्षण तो आपने ऐसी जगह ठहरकर बिताये ही हैं? घर और ऐसी जगह ठहरने में, अन्तर केवल यही तो है, कि आप घर में जीवन का कुछ अधिक समय व्यतीत करते हो। फिर कम ज्यादा ठहरने मात्र से आपकी सोच में जमीन-आसमान का अन्तर क्यों आ जाता है?

समय आते ही जैसे आप अन्य जगहों को छोड़कर चल देते हो, वैसे ही समय आने पर इस घर को भी तो आप छोड़कर चल दोगे। जिस घर को आप दिन-रात अपना-अपना कहते नहीं थकते, क्या उसे अपने साथ लेकर जा सकोगे? यह घर भी एक दिन आपका नहीं रहेगा, जैसे दूसरी जगह आपकी अपनी नहीं रही। आपके जाने के बाद इस घर का कोई और मालिक होगा। बस, मोह में फँसा हुआ आपका मन सच्चाई नहीं समझ पा रहा, रोज-रोज यह देखकर भी, कि यह घर आपका ही नहीं और जीवों का भी है।

शरीरों की रचना चाहे जैसी भी हो, जीव सब एक हैं। इस भौतिक शरीर के लिए आप यदि मिट्टी-पत्थर के बनाए घर को घर कहते हैं, तो आत्मा का घर यह हाड़-मांस से बना शरीर है। सभी आत्माओं के शरीर अलग-अलग हैं। आत्मा को कभी मानव रूपी जीव के घर में रहना पड़ता है, तो कभी पशु-पक्षी रूपी जीव के घर में। आत्मा के रहने के लिए, भांति-भांति के घर, परमात्मा ने बना दिये हैं। सबका अलग-अलग संसार, जीने के लिए बना दिया है। सबके भरण-पोषण की अलग-अलग व्यवस्थायें की गयी हैं। सभी जीव अपनी जगह महत्वपूर्ण भी है और महत्वहीन भी। तो फिर एक घर कभी किसी का अपना और स्थाई कैसे हो सकता है? सब जगह पर सब जीवों का हक बराबर का है।

23 जीवन है अनमोल रतन

जिज्ञासा

जो वस्तु आज हमारे पास है, उसका महत्व उस वस्तु के न होने पर हमारी समझ में आता है। और यह पश्चाताप भी होता है, क्यों नहीं समय रहते हमने उस वस्तु का महत्व समझा। फिर तीव्र इच्छा होती है उसे पाने की, लेकिन वक्त उसे असम्भव बना देता है। मन की ऐसी वृत्ति क्यों है?

– संभव समाधान –

जिसको खरीदा जा सके वह मूल्यवान हो सकता है, किन्तु जिसे खरीदा न जा सके वह अनमोल होता है। मनुष्य जीवन भी ऐसे ही अनमोल है। कभी आप विचार करें, इस जीवन में जिस आनंद की अनुभूति आपको हो रही है, क्या ऐसी अनुभूति आपको पहले कभी दूसरे जीवन में हुई थी? जिन प्राकृतिक सौन्दर्यों से, आपका मन गद्-गद् हो जाता है, क्या कभी ऐसे सौन्दर्य का अवलोकन आपके मन ने पहले किया था? जिन लजीज खाने का स्वाद आपका शरीर ले रहा है, क्या कभी और जीवन में भी, ऐसे लजीज खाने ने आपको आनंदित किया था? दौलत इकट्ठा करने में जो संतुष्टि अब हो रही है, ऐसी पहले कभी न हुई होगी।

क्या यह होने पर आपको जीवन अनमोल नहीं लगता। अगर नहीं लगता तो सही अर्थों में आप जीवन के कद्रदान नहीं हो। बिल्कुल कद्र करना नहीं जानते आप अनमोल चीजों की। निरे पोंगरे हो। ऐसा पोंगरा, जो सोने के कणों को मिट्टी के भाव बेचने के लिए बेचैन है। यह बात बड़ी सीधी है। और सीधी बात को समझने के लिए, टेढा होने की आपको कतई जरूरत नहीं है। सीधी बात को सीधे-सीधे समझ लो– कि यह जीवन अनमोल है। और अनमोल चीज मिट्टी के भाव कभी नहीं बेची जाती। और जो ऐसा करता है वह बड़ा पागल है। छोटा नहीं, बहुत बड़ा पागल है।

साँसों का मूल्य जानो। जो साँसों का मूल्य नहीं जानते, वे कहते हैं–साँस तो आती-जाती है। क्या विशेष हुआ। एक घंटे में कितनी साँसे आई-गई, क्या करना। क्यों गिनती करें इन बेकार गतिविधियों की। वर्ष में कितनी साँसें आई-गई, क्या हिसाब लगाना। साँस को तो सहज आना-जाना है– इसमें क्या विशेष है? जो नहीं समझता, उनके लिये कोई विशेष नहीं। हजार तर्क हैं उनके पास, साँस को विशेष न समझने के पक्ष में। जड़ चीजें साँसों का कभी महत्व नहीं जानती। और जड़ कोई भी हो सकता है। जो नहीं जानता, वह जड़ ही तो है। मनुष्य हुआ तो क्या हुआ, है तो जड़ ही, जो साँस का महत्व ही नहीं जानता।

साँस है, और निरंतर आ-जा रही है, तो कोई महत्व नहीं है। एक स्वाभाविक क्रिया है। लेकिन यही स्वाभाविक क्रिया, कुछ पलों के लिए अस्वाभाविक हो जाय, तो फिर सब कुछ साँस पर ही निर्भर हो जाता है। एक-एक साँस को सौ-सौ बार गिनने लगते हैं। जिसे महत्वहीन समझा था, उसके बंद होते ही कितना महत्व बढ़ गया। साँस छूटने पर, भगवान से प्रार्थना कर रहे हैं, कुछ साँसें और बख्शने की। अब ऐसे व्यक्ति के लिए, संसार के सारे सुखों का केन्द्र साँस हो गया। अब तक जो कुछ नहीं था, एक स्वाभाविक क्रिया थी, पल भर में वह सब कुछ, और अस्वाभाविक क्रिया हो गई।

जीवन के सम्बन्ध में भी यही समझो। चिन्तन में थोड़ा उतर कर देखो। जो जीवन आज है, कल नहीं रहने पर क्या होगा? जिस प्रकृति से आप आनंदित हो रहे हैं, जिस दौलत से आपको बड़ा सकून मिल रहा है, यदि यह जीवन चला गया तो क्या फिर भी यह आनंद आपको मिलता रहेगा।

कोई उमंग शेष नहीं रहेगी जीवन के छूटने पर। गुब्बारे में जब तक हवा है, तभी तक वह आसमान में, ऊँचे से ऊँचे तक सैर करता है। हवा निकलते ही, गुब्बारे को जमीन पर पड़ने में, फिर ज्यादा समय नहीं लगता। यदि गुब्बारा समझले, कि हवा का उसकी उड़ान में क्या योगदान है? उड़ान तो गुब्बारा भर रहा है। यही बड़ी भूल होगी गुब्बारे की। हवा ही है जिसने गुब्बारे को आसमान की ऊँची सैर कराई। अन्यथा तो गुब्बारा हवा भरने से पहले भी था और हवा निकलने के बाद भी।

जीवन को यदि उसके महत्व से अलग रखोगे, तो यह बिना हवा के गुब्बारे के समान ही होगा। इसके अनमोल होने का अर्थ समझना बहुत जरूरी है, यदि जीवन का विस्तार से आनंद लेना है तो। जीवन दूर चला गया, तो फिर वापिस नहीं आने का।

कण-कण इकट्ठा होता है तो मैदान भी पहाड़ बन जाता है। कण-कण बिखरेगा तो कैसे भी पहाड़ को मैदान होने में समय नहीं लगता। धूप में धूप नहीं सुहाती। ठंड हो तो धूप अच्छी लगती है। प्यास नहीं है तो पानी महत्वहीन लगता है। प्यास हो तो मन पानी-पानी की रट लगाता है। वैसे ही जीवन उपलब्ध है तो जीवन महत्वहीन हो जाता है। जरा सोचो, जब जीवन नहीं होगा तो जीवन कितना अमूल्य होगा।

24 अवचेतन संसार

जिज्ञासा

> प्रातःकाल होते ही चारों तरफ कोलाहल होने लगता है। दौड़-धूप आरम्भ हो जाती है। आँखों से दिखाई देता है, सारा संसार जाग गया है। किन्तु जब मन की आँखों से देखता हूं तो लगता है, जैसे जागा हुआ संसार भी सोया ही है। सभी गहरी अवचेतना में है। ऐसा क्यों?

– संभव समाधान –

जिस जगह आप लोगों का हजूम देखते हैं, जिस जगह आप कोलाहल सुनते हैं, तो लगता है भली प्रकार से यह स्थान जगा हुआ है। जब मुर्दे को शमशान में जलाया जाता है, तो लोगों का विलाप इस बात की पुष्टि कर देता है, कि शमशान जो सदैव सोया रहता है, वह भी कुछ समय के लिए जाग गया है।

किसी के मरने पर शमशान जाग जाता है और किसी के जीने पर शमशान सो जाता है। दिन हुआ तो संसार जाग गया। रात हुई तो संसार सो गया। यही है सभी की नजर में, सोना और जाग जाना। खुशी के मौके पर झूम लिए, गा लिया, कुछ खा-पी लिया, जश्न मना लिया। गम के समय मुँह लटका लिया, मातम कर लिया, जमाने को दुःखड़ा सुना दिया। जो-जो साधन हैं रोने के, सब काम में ले लिए। यह सामान्य नजरिया है, जागते हुए जीवन के प्रति।

सही अर्थों में जागता हुआ कोई नहीं। सब एक गहरी नींद में सोये हैं। एक नहीं, हजार नहीं, सारा संसार ही अवचेतन है। किसी की चेतना जागृत नहीं है। नींद में चलने जैसी बीमारी से सभी ग्रसित हैं। कोई भी अर्धचेतना में नहीं, जिसकी चेतना को शब्दों के शोर से जगाया जा सके।

दूर तक फैले निर्जन स्थान में कोई साधक, एक छोर पर गहरी नींद में पड़े लोगों को जगाने के लिए पुकारता है, तो ऐसे लोग उस साधक की पुकार के शोर से बचने के लिए, उठकर दूसरे छोर पर जा पड़ते हैं। और जब वह साधक, उस छोर पर पुकारता है तो, वहाँ से उठकर इस छोर पर आ पड़ते हैं। साधक की पुकार से बचने के लिए नींद में ही छोर बदल लेते हैं।

बस सोते रहना है। आखिरी समय तक सोते रहना। वे नींद में ही अपने आप से पूछ लेते हैं– "जागना क्यों? क्या होगा जागने से? सोने में जो मजा है वह जागने में कहाँ? सोने में ही जब इतना आनंद आ रहा है, तो फिर जागने से क्या लाभ? बेकार का बखेड़ा क्यों किया जाय?" ऐसे लोगों को जगाने के लिए, किस गुरू से क्या मंत्र दिलायेगा? सब युक्ति बेकार है। मिट्टी से भरे ढोल में कितनी ही थाप मारो कोई गूंज नहीं निकलने की।

इस प्रकार की नींद में पड़ा व्यक्ति, जब खुद तर्क करके खुद उत्तर दे देता है, तो इससे बड़ा उसके लिए मूर्ख गुरू कौन मिलेगा। जैसे कछुआ अपने कवच में सिमटा सोचता है, कि संसार की परिधि, उसके शरीर के कवच से बढ़कर ज्यादा कुछ नहीं है। उसी प्रकार अवचेतना में पड़े लोग, इस नींद से अलग कोई और जीवन समझते ही नहीं। और जीवन होगा भी तो उनके किसी मतलब का नहीं। बिना जड़ के काठ को कैसे खड़ा किया जा सकता है? और यदि खड़ा कर भी दिया, तो हौले से हिलाने पर वह तुरंत गिर भी जाएगा। शान्त जल कभी कोई राह नहीं बनाता। राह वही जल बनाता है, जो बहता है। और तेज धार से बहने वाला जल, उतनी ही तेजी से मिट्टी को काटकर, दुर्गम स्थानों में भी रास्ता बना लेता है।

प्रवाह है तो जीवन है। और जीवन है तो जीवन की रम्यता भी। ऐसे ही जैसे प्रवाह जल की रम्यता को, नदी और झरने के रूप में मनोहारी बना देता है। भौतिक संसार में जो जितने अधिक आसक्त है, वे उतनी ही गहरी नींद में है। वे अपनी समझ से तो बहुत तीव्र गति से दिन-रात जागते हुए चले जा रहे हैं, किन्तु वास्तव में वे गहरी अवचेतना में ही हैं। सही रूप में तो उन्होंने कानों में कील ठोककर जागने के सभी द्वार अच्छे से बंद कर लिए हैं। अब कितना ही शोर उनके कानों के पास करते रहिये, कुंभकरणों की नींद कभी टूटने वाली नहीं।

"सोया-सोया जानिये, जगता ये संसार।
कैसे इन्हें जगाइये, बंद किये सब द्वार।।"

25 घने अंधेरे क्यों भटके तू?

जिज्ञासा

मुझे अपना भविष्य जानने की बड़ी इच्छा रहती है, पर किसी बुरी भविष्यवाणी से हमेशा डरता रहता हूँ, ऐसा क्यों?

– संभव समाधान –

एक छोटा सा वाकया है मरने वाले का। एक व्यक्ति को ज्योतिष शास्त्र में बड़ा विश्वास था। बात-बात में ज्योतिष के हिसाब से काम करने की उसकी आदत सी पड़ गयी थी। उसके विचारों से लगता था जैसे, ज्योतिष उसकी रग-रग में समाया हुआ है। एक दिन अचानक उसके यहाँ कोई पहुँचे हुए ज्योतिषी पधारे। आस-पास बड़ा नाम था ज्योतिषी का। ज्योतिषी का दावा था कि कोई भी भविष्यवाणी उसकी असत्य नहीं निकलती। सो मौका पाकर उस व्यक्ति ने ज्योतिषी महाराज से अपनी मृत्यु का समय ही पूछ लिया। ज्योतिषी ने अपनी उँगलियों पर उस व्यक्ति की उम्र का हिसाब लगाया और कहा– अभी तुम पचास वर्ष के हो, यह सत्य है। ठीक पचपन वर्ष के होते ही तुम्हारी मृत्यु निश्चित है। अर्थात् आज से पाँच साल बाद तुम इस दुनियाँ में नहीं रहोगे।

ज्योतिषी की भविष्यवाणी सुनकर वह व्यक्ति अपने होश खो बैठा। अपनी आयु इतनी अल्प जान उसके हाथ-पैर फूल गये। अभी तो जैसे उसके जीवन की शुरूआत हुई थी। बहुत सारे काम करने थे उसको। उसके जहन में कामों की एक लम्बी सूची थी। ज्योतिषी की भविष्यवाणी जानकर, अब तो हर पल उस व्यक्ति को, अपने चारों तरफ मौत का साया नजर आने लगा। सोते-जागते, उठते-बैठते, खाते-पीते मौत ही मौत अनुभव होने लगी। पाँच साल बाद आने वाली मौत का भय अब उसको हर पल भयभीत किये रहता। इस तरह उस व्यक्ति की बाकी उम्र भी पल-पल मरने में ही गुजरी। अर्थात् मौत के भय ने उसे पाँच साल पूर्व ही मार डाला।

यह सब इसलिए हुआ क्योंकि, उसने अपनी मौत के बारे में जान लिया था। उसको पाँच साल बाद ज्योतिषी की भविष्यवाणी के हिसाब से मरना ही है– इस तथ्य को वह निश्चित समझ बैठा था। कोई फर्क नहीं पड़ता यदि, वह अपनी मौत के बारे में ज्योतिषी से नहीं पूछता तो। पाँच साल तक कम से कम आनंद से तो जीता रहता।

मरना तो था ही। मरना तो सबको है। बस मौत की निश्चित तिथि जान लेने भर से उसका मरना सबसे भिन्न तरीके का मरना हो गया। सब कुछ बदल गया। ऐसे ही तो जान लेने भर से जीवन की बहुत सारी गतिविधियाँ बदल जाती हैं। आप दुःख में हैं। दुःख के प्रति अनभिज्ञ रहोगे तो समय आनंद से बीतता जाएगा। जहाँ आपने दुःख को प्रत्यक्ष देखना आरम्भ किया, या दुःख का पल-पल अनुभव करने लगे, तो वहीं से आप अपने लिए कई गुना दुःख और बढ़ाने लगते हो। दुःख से अनजान रहोगे तो समय सरलता से गुजरता जाएगा। कोई परेशानी नहीं होगी जीने में। जहाँ आपने दुःख को दुःख के रूप में देखना आरम्भ किया– आप निश्चित रूप से वहीं दुःख के होकर रह जाओगे।

मौत के बारे में, मरने से पहले पल-पल सोचते रहे, तो सौ वर्ष का जीवन भी मौत का होकर रह जाएगा। जीवन वही महत्वपूर्ण और आनंद दायक होगा, जो मौत से अनजान होकर जिया जाएगा, चाहे वह एक वर्ष का ही क्यों न हो। भविष्य जान लेने से क्या होगा? जो होना है वह तो घटित होगा ही। क्या लाभ होगा बेकार की आशंकाओं में पड़ने से। क्या सुख मिल सकेगा भविष्य की अनहोनी से बेवजह डरते रहने से।

धुंध के दीप – मानस भारतीय

जिसके लिए एक पल कीमती नहीं है, उसके लिए उम्र भर का समय भी बेकार है।

-- ~ --

26 एक रंग से बने अनेकों

जिज्ञासा

> जब सभी आत्मा एक से ही उत्पन्न हुई हैं, तो एक आत्मा सब शरीरों का अनुभव क्यों नहीं करती?

– संभव समाधान –

पहले आप आत्मा को समझेंगे तभी शरीर समझ में आ सकेगा।

क्या आपने आत्मा को जान लिया है? यदि पूरा नहीं जाना तो क्या कुछ हद तक जान सके हैं आत्मा के बारे में? जब आप आत्मा को जानने लगते हैं तो शरीर उससे अलग होकर दिखता है। शरीर संसार के भौतिक तत्वों से निर्मित हुआ है। लेकिन आत्मा उस परमशक्ति का एक अति सूक्ष्म अंश है। जिसका निर्माण संसार के भौतिक तत्वों से नहीं हुआ है।

आत्मा के बारे में आपका चिंतन, जब इस सूक्ष्म अंश को विस्तार देता है, तो आत्मा का विस्तार असीमित होने लगता है। और शरीर इसके विपरीत, सूक्ष्म होकर महत्वहीन होता जाता है। शरीर से अलग या विरक्त हुई ऐसी आत्मा, फिर एक शरीर से अनेक शरीरों का अनुभव करने में समर्थ होती है। ऐसी महान आत्मा, फिर अपने शरीर से अलग हटकर, दूसरे जीवों के आनंद से आनंदित और दुःख से दुःखी होने का अनुभव करने लगती है।

किसी जीव पर अत्याचार होते हुए जब आप देखते हैं, तो अत्याचार सहने वाले जीव के प्रति आपको सहानुभूति क्यों होने लगती है– क्योंकि आपकी संवेदनशील आत्मा, उस जीव के शरीर में जा कर, उस अत्याचार की पीड़ा को महसूस करने लगती है। जब आप किसी को रोता देखकर खुद रोने लग जाते हैं, तब गौर करना, उस समय आपकी आत्मा आपके शरीर में नहीं, उस रोने वाले के शरीर में होती हैं। और दुःख का वैसा ही अनुभव करती हैं, जैसा पीड़ित जीव की आत्मा कर रही हैं।

इसके विपरीत, जिनकी आँखें दूसरे के दुःख के साथ नम नहीं होती, वे अभी आत्मा के अनुभव से बहुत दूर हैं। उनको अपने शरीर से अलग कुछ नहीं दिखता। ऐसे ही लोग बड़ी निर्ममता से दूसरों पर अत्याचार कर सकते हैं। और दूसरों पर अत्याचार होता हुआ देख भी सकते हैं।

एक घटना है कसाई की। एक कसाई पांच बकरे लेकर प्रातःकाल अपने कसाईखाने की ओर जा रहा था। रास्ते चलते हुए उसे एक व्यक्ति मिला। उस व्यक्ति ने बड़ी विनम्रता से उस कसाई से पूछा– ''भाई, सवेरे-सवेरे इन बकरों को कहाँ लिए जाते हो?'' कसाई ने सहजभाव से उत्तर दिया– ''महाशय, यही मेरी रोजी-रोटी है। दुकान पर जाउँगा और दिनभर एक-एक बकरे को काटकर बेचूँगा।''

उस व्यक्ति ने जब, रस्सी में बंधे बकरों को, मौत के लिए खिंचते हुए देखा, तो उसका दिल दहल गया। आँखें भर आँई। बकरों की यह दयनीय स्थिति देखना उसके लिए मुश्किल हो गया। पलभर के लिए उस व्यक्ति को यह महसूस हुआ कि, रस्सी से बंधे बकरों की जगह उसकी स्वयं की गर्दन बँधी है। और कसाई का छुरा बस एक पल में उसकी गर्दन पर चलने वाला है। गर्दन कटने के भय से वह व्यक्ति, क्षण भर के लिए तिलमिला गया। उसकी आत्मा कटते हुए बकरे के समान छटपटाने लगी। उसने कसाई से कहा– ''भाई, जितना मुनाफा तुमको इन बकरों के काटने पर मिलने वाला है, वह मुनाफा मुझसे ले लो और इन बिचारे बेजुबानों को मुक्त करो।''

कसाई ने बकरों की कीमत ली और चलता बना। उस व्यक्ति ने कीमत चुकाकर बकरों को क्यों बचाया? क्योंकि उसकी महान आत्मा ने, बकरों के शरीर में जाकर, उनके बेजुबान दर्द को महसूस कर लिया था।

ऐसी आत्मा द्वारा, विभिन्न शरीरों का अनुभव करते समय कोई संवाद नहीं होता। कोई कोलाहल नहीं होता। कोई शरीरों का आदन-प्रदान नहीं होता। यह सब मौन रहते, क्षणभर में घटित होता है।

कसाई में कोई आत्मा नहीं थी। उसके शरीर में आत्मा मरी हुई थी। और मरी आत्मा वाले व्यक्ति को शरीर के अलावा कुछ नहीं दिखता। वही आत्मा सब शरीरों का अनुभव करती हैं, जो दूसरों के दुःख को अपना दुःख समझने में सक्षम होती हैं। हर जीव में वह सुगमता से विचरण कर सकती है। जिस शरीर में आत्मा पूरी तरह से मर गयी है, वह तो उस शरीर को भी अनुभव नहीं करती जिसमें वह रह रही है। और जो आत्मा प्रत्येक पल सजग है, उसके लिए कोई एक शरीर अपना नहीं है। सब शरीरों का सुख-दुःख, वह एक भाव से अनुभव कर सकने में सक्षम है।

27 किस गलियारे मीत मिलेंगे?

जिज्ञासा

जीवन को जीने के अनेक ढ़ंग हैं, पर सभी ढंग अधूरे से लगते हैं– जो व्यक्ति आज हँस रहा है कल वही रोता हुआ नजर आता है– जीवन को जीने का सबसे अच्छा ढ़ंग क्या है?

– संभव समाधान –

कभी आपने जलते हुए दीये को देखा है। नहीं देखा है तो देखो। अपने आप में स्थिर होकर देखो। गहरे में उतरकर देखो। आप पाओगे– दिए की लौ जो अब है, कुछ समय बाद नहीं रहेगी। प्रश्न करो– लौ क्यों नहीं रहेगी? और जब नहीं रहेगी तो फिर दीये का क्या होगा?

ऐसा नहीं है कि जो लौ अब है, कुछ समय बाद वही लौ कोई बड़ी लौ हो जाएगी। या एक लौ, जो एक समय दिख रही है, वह कई-कई होकर जलने लगेगी। थोड़ा विचार कर देखोगे तो अप पाओगे, जो है– वह नहीं रहेगा। यह बात निश्चित है। अब जो जल रहा है, तब वह बुझ जाएगा। यही तो जलते हुए दीये का जीवन है। जो कुछ दीये को आज मिला है; अर्थात् जिससे उसका नाम दीया सार्थाक हुआ है, वह लौ दीये के साथ हमेशा-हमेशा नहीं रहेगी। इन सरल शब्दों को अर्थशः आपने यदि समझ लिया है तो, जीवन तत्व को समझ सकने में बहुत आसानी रहेगी।

आज, अब, इसी वक्त क्या है आपके पास? जैसे दीये के पास आज अब इसी वक्त एक 'लौ' है। लौ है तभी तो वह दीया है। बिना लौ के दीया कौन कहेगा उसे। लौ से ही तो उसका अस्तित्व सार्थक हो रहा है। आपके पास भी आज क्या है– यह समझना जरूरी है।

आज आपके पास यह जीवन है। और जो जीवन है, निश्चित मानों कल नहीं रहेगा। फिर जो आज आपके पास है– और कल वह आपके पास नहीं रहेगा, तो आज उसके अस्तित्व को क्यों भूले जा रहे हैं। यदि आज, जो है उसको भुला दिया– तो कल क्या मिलना है। आज की स्थिति, कल आपके हाथ में नहीं रहनी। यह सब आपके अधिकार से बाहर की चीज है। कितना ही जोर लगाकर, डोर टूटने पर पतंग को नहीं पकड़ा जा सकता। आप कितना ही संघर्ष कर लें– यह जीवन जब आपसे छिनेगा– तो छिन ही जाएगा। दुनियाँ की कोई भी शक्ति आपके जीवन को छिनने से नहीं रोक सकती। कितना भी धन-दौलत खर्च करने के बाद, यह जीवन फिर खरीदा नहीं जा सकेगा।

आप रास्ते पर चले जा रहे हैं। कोई सुन्दर झरना रास्ते में पड़ता है, यह आप जानते हैं। झरने को देखने की लम्बे समय से बड़ी तमन्ना थी आपकी। जब झरना आया तो आपको अचानक झपकी लग गयी और झरने वाली जगह आपकी आँखों से बिना देखे ही निकल गयी। आगे जागर आपकी आँखें खुली और तलाशने लगे उस झरने को। फिर क्या वह झरना दिखेगा आपको। कितनी आँखे फाड़ते रहिए वह झरना फिर आपको नहीं दिखने वाला। जब झरना देखने का समय था, तब आप आँखें बंद कर कुछ और देखने लगे, और जब कुछ और देखने का समय आया, तब आपकी आँखें झरने को ढूंढ़ने लगी।

इस तरह से क्या देखने को मिला आपको। कुछ नहीं देख पाये। देखना भी तो तभी संभव है, जब आप हर पल जागते रहते हैं। जागने से अर्थ कोई रातों को जागने से नहीं है। जागने का अर्थ है गहरी नींद में भी जागते रहना। जीवन की अनुभूति पल-पल बनाए रखना। इस शरीर में यदि जीवन की अनुभूति नहीं है, तो इस शरीर को बिना लौ का दीया ही समझो।

इस शरीर में रहते हुए, पल-पल जीवन को महसूस करना और अपने आप से लगातार यह प्रश्न करते रहना, कि जो आज है क्या कल भी वह वैसा ही रहेगा। ऐसा करने से जीवन के नये द्वार खुलते जायेंगे आपके लिए। नित-नित और नये-नये द्वार। इससे यह न समझें कि यदि पल-पल गहरे से देखने लगे तो आप जीवन से ही विरक्त हो जाओगे। विरक्त नहीं होंगे जीवन से। आप ऐसा करके और गहरे से अनुरक्त होंगे जीवन में। जैसा आज जी रहे हैं, उससे कहीं लाख गुना बेहतर जी सकेंगे आप जीवन को।

टोकरी में पके आम रखे हैं। रास्ते से गुजरने वाले सब देख रहे हैं, टोकरी में रखे आमों को। लेकिन देखने भर से क्या होगा? जिसने कभी आम का स्वाद

चखा नहीं, उसे आम की शक्ल अधिक समय तक आकर्षित नहीं कर सकती। ऐसे व्यक्ति से यदि आम के स्वाद के बारे में पूछा जाय तो क्या बतायेगा। वह तो आम की शक्ल के हिसाब से, कुछ भी कल्पना करके एक दो बात ऐसे ही कह देगा- फल है तो अच्छा ही होगा। मीठा होगा। अच्छा और कैसा अच्छा? मीठा और कितना मीठा? वह बेचारा क्या जाने जिसने कभी आम चखा ही नहीं। आम कितना स्वादिष्ट है, यह तो वही बता सकता है, जिसने आम को मजे से खाया है। और मजे से खाने वाले सभी नहीं होते। बिरले ही हैं जो इस जीवन रूपी आम को आखरी बूंद तक चूसते है। इसके रस का आस्वादन करते हैं।

जीवन को समग्र रूप से जीना एक बड़ी कला है। और यह कला सीखना कोई कठिन काम नहीं। पल-पल जीने का अभ्यास आरम्भ करोगे, तो जीवन जो अभी तक बड़ा सीमित सा दिख रहा था– इस ब्रह्माण्ड के आकार के समान फैला हुआ महसूस होने लगेगा। आप आम देखने वाले व्यक्ति की तरह, इस जीवन के कुछ-एक काल्पनिक गुणों तक ही सीमित मत रहिए। आप जीवन-रस को आखिरी बूंद तक निचोड़ने का उद्यम कीजिए। कुछ पैसा होगा तो ही जीवन अच्छा होगा, कोई ऊँचा पद मिलेगा तो जीवन में आनंद आएगा। किसी सुंदर स्त्री से ब्याह होगा तो ही जीवन प्रेममय हो सकेगा, ऐसी कुछ परिधियों में अपने आपको बांध कर, जीवन की रम्यता को मलिन मत कीजिए। इसके विस्तार के अंतिम छोर तक उड़ान भरने की सोचो।

दीया जहाँ भी रहता है, दीया ही रहता है। मंदिर में रखो या शमशान में। कोई अन्तर नहीं पड़ता उसके जगमगाने पर। दोनों ही जगह वह समान रूप से जलता है। और उजाला भी समान रूप से करता है। ऐसा कभी नहीं होता कि, मंदिर में रखने पर दीया अधिक रोशनी करता हो, और शमशान में रोशनी मंद पड़ जाती हो। दीया है, जहाँ भी रखोगे जगमगायेगा ही, और वह भी समान रूप से।

वैसे ही तो जीवन है। ऐसा कभी नहीं होता कि, दुःख में जीवन खो जाता हो और सुख में जीवन मिल जाता हो। यह समझना कि दुःख में जीवन खो जाता है, नासमझी है। जीवन तो दोनों अवस्थाओं में बराबर है। जीवन के आनंद में, सुख-दुःख के आरोह-अवरोह से, कोई फर्क नहीं पड़ता। फर्क उन्हीं के लिए पड़ता है, जो जीवन की वास्तविकता से बेखबर रहते हैं। और इस शरीर की दैनिक क्रियाओं को ही जीवन समझे हैं। ऐसे लोग, जीवन की आँख से, सुख-दुःख को नहीं देख रहे बल्कि सुख-दुःख की आँख से, जीवन को देख रहे हैं। ऐसी उल्टी मति वाले, उस व्यक्ति के ही समान हैं– जिसने आम को केवल

देखा है, खाया कभी नहीं। दुःख-सुख की अनुभूति से हटकर, जिसने जीवन को जाना है, और जीया है, वही तो महान हो सका है।

भौतिक साधनों से सम्पन्न होना जीवन की सम्पन्नता नहीं है। जीवन की सम्पन्नता के लिए, इस भौतिक संसार में, ऐसी कोई वस्तु नहीं है, जिसे पाकर यह जीवन धन्य हो सके। आपके अन्तर्मन में आनंद का अथाह सागर भरा है। जीवन की सम्पन्नता के लिए उस सागर में डूबने का प्रयास करो। निश्चित रूप से फिर यह जीवन सच्चे सुख में तर-बतर होगा।

जीवन की अनुभूति निष्पक्ष हो। दुखः में दुःखी, सुख में सुखी होना, जीवन के प्रति निष्पक्षता नहीं है, और वह भी ऐसे दुःख-सुख से, जो वास्तव में दुःख-सुख है ही नहीं। जीवन को जब आप भूलते हैं, तभी तो दुःख आपको याद रहता है। यदि आपने जीवन को एक क्षण के लिए भी नहीं भूला, तो दुःख क्या और सुख क्या, ठीक से सही-सही अन्तर भी दोनों के बीच नहीं कर सकोगे। जीवन को जीने का सही ढंग यही उचित रहेगा।

धुंध के दीप — मानस भारतीय

दूसरे के दुःख में सम्मिलित होकर, तुम उसका दुःख घटाकर अपना सुख अवश्य बढ़ा लेते हो।

-- ❧ --

महलों से अधिक आनंद की अनुभूति एक वट वृक्ष के नीचे हो सकती है, यदि मन में तुम्हारे आनंद भरा हो।

-- ❧ --

28 दुःख में जागे सुख में सोये

जिज्ञासा

भगवान बुद्ध ने कहा है– "यह संसार दुःखमय है," फिर भी लोग संसार में सुख कैसे पाते हैं?

– संभव समाधान –

यह संसार दुःखमय है। बात लोगों ने नहीं भगवान बुद्ध ने कही थी। वैसे ही इस संसार में, जो सुख पा रहे हैं वे लोग और हैं, भगवान बुद्ध नहीं। जब ऐसे लोग भगवान बुद्ध नहीं हैं, तो वे तो इस संसार को सुखी कहेंगे ही।

कैसे जान सकेंगे ऐसे लोग कि, भगवान बुद्ध ने इस संसार को दुःखमय कब और क्यों कहा था? जिसने इस शरीर को मरते हुए देख लिया है, वही तो दावे के साथ कह सकता है– शरीर नश्वर है। जिसने शरीर की, निरन्तर क्षीण हो रही क्रिया को देखा ही नहीं, वह तो यही कहेगा– जो शरीर आज है, वह आगे भी ऐसा ही रहना है।

पल-पल शरीर क्षीण हो रहा है, किन्तु शरीर में रहते हुए भी, शरीर से अनजान व्यक्ति की अंधी आँखें, यह निरंतर हो रही क्षीणता देख सकने में अक्षम हैं। महात्मा बुद्ध ने अपनी आँखों से देखा था, निरंतर क्षीण होते इस शरीर को। वह भी एक वृद्ध व्यक्ति के रूप में। भगवान बुद्ध ने इस शरीर को देखा था, औरों से बिल्कुल अलग हटकर। और जिसने शरीर की इस वास्तविकता, को जान लिया, फिर सांसारिक चीजों की कौन-सी वास्तविकता, ऐसी अलौकिक आत्मा से छुपी रह सकती है।

शरीर से ही तो संसार दिखता है। किन्तु संसार से पहले इस शरीर को देखना बहुत जरूरी है। आँख है, तो दर्पण में आप अपना प्रतिबिम्ब देख सकोगे। यदि आँख ही नहीं है, तो हजार दर्पण भी मिलकर आपको, आपका प्रतिबिम्ब नहीं दिखा सकते।

इस शरीर की वास्तविकता को देखने वाले आप हैं। यह अधिक महत्वपूर्ण है कि आप इसे अपनी भौतिक आँखों से देख रहे हैं या अन्तरआत्मा की आँखों से। अन्तरात्मा की आँखों से देखोगे तो समझ पाओगे, वास्तव में ये शरीर और ये संसार क्या है? जैसा दिख रहा है, वैसा है नहीं- और जैसा है, वैसा दिखता नहीं।

यही अन्तर है आपकी सोच का। भगवान बुद्ध को यह संसार दुःखमय दिखता है, फिर भी आप इसमें सुख पा जाते हैं। जब भगवान बुद्ध ने इस संसार में सुख नहीं पाया, तो आपको इसमें सुख कहाँ से मिल गया। तो जरा जानने का प्रयास करो– जो कहते हैं कि वे संसार में सुख पा रहे हैं– तो उनका सुख अन्ततः कैसा सुख है। गधा अपनी पीठ पर बोझा लादे चला जा रहा है, अपनी धुन में। उसको पता ही नहीं, कि वह कितने बोझ तले दबा हुआ है। वह दुःखी है या सुखी, उसे कुछ भी बोध नहीं। क्योंकि सुख और दुःख का सही अन्तर करना उसको आता ही नहीं।

29 मरने के रस्ते बहुतेरे

जिज्ञासा

मैं मरना चाहता हूँ– क्या कोई रास्ता है?

– संभव समाधान –

आप जिस मरने की बात कर रहे हैं, वह मृत्यु तो आपको पहले ही आ चुकी है। आप अपने ऊपर तनिक विचार करके देखें– कि आप जी कहाँ रहे हैं? जीवन के अब तक के सफर में आपने कितने क्षण जीवित रहकर बिताये हैं? अज्ञान की नींद में सोते हुए, आप हजार साल जीकर भी मरे हुए ही तो हैं। आँखों से यह संसार देख लेने से, कानों से इस संसार का कोलाहल सुन लेने से, कर्मेन्द्रियों द्वारा सांसारिक चीजों का भोग कर लेने से, जीवन कभी जीवन जैसा महसूस कर सके हैं।

रोज की दिनचर्या है– भूख लगती है– खाना खा लेते हैं, और फिर पेट भर जाता है, फिर भूख लगती है– खाना खाते हैं– पेट भरता है। ऐसे ही प्यास लगती है– पानी पीते हैं– कुछ समय के लिए प्यास मिट जाती है– फिर प्यास लगती है। एक इच्छा होती है, पूर्ति कर देते हैं। फिर इच्छा जग जाती है। कोई इच्छा हमेशा-हमेशा के लिए खत्म नहीं होती। बस, भूख-प्यास की तरह अन्य इच्छाओं का क्रम भी ऐसे ही चलता रहता है। आपने जीवन में केवल यही तो देखा है। इसी क्षण-क्षण की भूख-प्यास के खेल को ही आप जीवन मान बैठे हैं।

लेकिन क्या जीवन यही है? यदि आपके हिसाब से यही जीवन है, तो आप जीवन को समझने के बारे में बड़ी नादानी कर रहे हैं।

जैसे बांसुरी के छिद्रों में यदि मिट्टी भर जाय, तो उस बांसुरी से कोई स्वर नहीं निकाला जा सकता। चाहे बांसुरी में कितनी ही फूँक मारलो। वह दिखने में तो बांसुरी ही है, अन्य बांसुरियों की तरह, लेकिन वास्तविकता में उस बांसुरी

और अन्य बांसुरियों में जमीन आसमान का अन्तर है। ऐसे ही, जिस मनुष्य के ज्ञान के छिद्रों में, सांसारिक मोह-माया की गर्द भर चुकी है, और जो पूरी तरह, ज्ञान की स्वर लहरी निकालने के लिए बंद हो गये हैं, ऐसे मनुष्य का जीवन उसी मरी हुई बांसुरी के समान है। जो केवल शक्ल से बांसुरी है, स्वर उसके अन्दर कोई नहीं।

जिस मनुष्य का जीवन ज्ञानहीन है, उसके पास मरी हुई बांसुरी के समान शरीर शेष है। जीवन कोई नहीं। ऐसे शरीर को आप अपने हिसाब से चाहे जिन्दा कह दो, लेकिन वह मरे हुए से अधिक कुछ नहीं। मरने का सहज रास्ता तो आप पहले ही ख़ोज चुके हैं- अब कौन से रास्ते की तलाश में हैं।

30 उम्र चले पर मोह दौड़ता

जिज्ञासा

> ज्यों-ज्यों उम्र बढ़ती है, त्यों-त्यों मन में मोह भी बढ़ता है। जबकि उम्र के हिसाब से मोह घटना चाहिए। ऐसा क्यों?

– संभव समाधान –

. . . इसलिए, कि उम्र बढ़ने के साथ मन छोटा होता जाता है। दिखने में तो लगता है- बुद्धि उम्र के साथ बढ़ गयी है, किन्तु बुद्धि के विपरीत, मन का ओछापन भी बढ़ गया है– यह किसी को दिखाई नहीं देता। बच्चे का मन पापी, कंजूस, मक्कार कम होगा एक प्रौढ़ व्यक्ति की तुलना में।

बचपन में माया का मोह इतना नहीं होता, जितना उम्र के आखिरीपन में। यदि किसी बच्चे का कोई साथी, आर्थिक रूप से तंग है, तो वह अपने साथी की निःस्वार्थ भाव से मदद करने को तैयार हो जाएगा। अपनी सामर्थ्य के अनुरूप, वह हर संभव कोशिश करेगा, अपने मित्र को मदद करने की। यह भाव उसके मन में शायद ही आएगा, कि इस मदद के बदले उसके साथी से कुछ मिलने वाला है। अर्थात्, जो भी मदद करेगा वह निःस्वार्थ भाव से ही होगी। किन्तु एक प्रौढ़ या बूढ़ा व्यक्ति, सामर्थ्य रखते हुए भी, दूसरे की मदद करने से कतरायेगा। चाहे मदद माँगने वाला कैसी भी विपत्ति में क्यों न हो। यदि कोई मदद भी वह करेगा तो पहले स्वार्थ का जोड़-तोड़ अवश्य बैठायेगा। उसे लगेगा, मदद के बदले कुछ मिलने वाला नहीं है, तो निश्चित रूप से उसका प्रयास टालने का ही रहेगा।

आज के समय में, कोई गहरा मित्र भी मदद मांगने आए, तो अधिकांश लोग कोई न कोई सटीक सा बहाना बनाकर टाल देते हैं। यहाँ तक कि, यदि कोई दोस्ती का सच्चा वास्ता देकर मदद की गुहार करे, तो दोस्ती का हाथ ही खींच लेते हैं।

बूढ़ा व्यक्ति, जिसको कुछ दिन ही और जीवित रहना है, यह सच्चाई है जानते हुए भी, उसके मन में परोपकारी भाव नहीं जागते। ज्यों-ज्यों उसकी मृत्यु निकट आती है, त्यों-त्यों वह मोहपाश में और जकड़ता जाता है। बालक, जिसे पूरा जीवन जीना है, बूढ़े व्यक्ति की तुलना में अधिक परोपकारी मन वाला होता है। बालक की मुठ्ठी यदि पैसों से भरी होगी, और उसको लगेगा कि कोई मित्र घोर विपत्ति में है, तो वह बेहिचक मुठ्ठी के सारे पैसे उसको देने के लिए तत्पर हो जाएगा। इसके विपरीत, प्रौढ़ या बूढ़े व्यक्ति के मन में यदि कुछ देने की इच्छा भी होगी, तब भी उसकी मुठ्ठी नहीं खुलेगी। यह बच्चे और बूढ़े मन का स्वभाव है। बच्चे का मन संवेदनशील और सरल है, जबकि बूढ़े का मन पूर्णतया असंवेदनशील और कठोर हो चुका है।

एक बूढ़ा पागल व्यक्ति था। पागल तो था ही, सो उसने मन बनाया अपने खेत में आम के पौधे लगाने का। और लग गया बिना विचारे आम के पौधे लगाने। तभी एक सज्जन व्यक्ति वहाँ आया। पागल को आम के पेड़ लगाते देख, सज्जन व्यक्ति आश्चर्य में पड़ गया। वह सोचने लगा, अरे इस पागल को यह क्या धुन सवार हो गयी सो आम के पेड़ लगाने चला।

अस्सी वर्ष का बूढ़ा, और उस पर भी पागल। क्या करेगा यह सब कुछ करके। सो उस सज्जन व्यक्ति ने सोचा, क्यों न इसे कुछ समझाया जाय। बेचारे का श्रम तो बचेगा। वह पागल के पास जाकर बोला–''अरे बाबा, तुम यह सब क्यों कर रहे हो? क्या करोगे ये आम के पौधे लगाकर?'' इस पर उस पागल ने जवाब दिया– ''क्या तुम्हें दिखाई नहीं देता, आम के पेड़ लगा रहा हूँ। पानी दूंगा। पेड़ बड़े होंगे। एक दिन इनमें मीठे आम लगेंगे। और जब आम लगेंगे तो मजे से खाउँगा।''

उस समझदार व्यक्ति को पागल की बात पर बड़ी हँसी आई। उसने हँसते हुए ही कहा– ''अरे! जब तक इन पेड़ों में फल आयेंगे तब तक तो तुम मर चुके होंगे। तुम तो एक-दो वर्ष के ही मेहमान हो। इन पौधों में फल दस-पंद्रह वर्ष बाद आयेंगे और तब तक तो तुम्हारा दूसरा जन्म भी हो जायेगा।''

उस पागल व्यक्ति ने उस सज्जन व्यक्ति के मशविरे पर गौर से विचार किया। विचार करते-करते वह जोर से हँसने लगा। पौधों को छोड़ वह पागल व्यक्ति, उस सज्जन व्यक्ति के पैरों में पड़कर जोर-जोर से चिल्लाने लगा- ''आपने तो मेरी आँखे खोल दी। आप बड़े महान हैं। ऐसा ज्ञान आपने कहाँ से पाया। आप मुझे बहुत पहले क्यों नहीं मिले। अगर आप पहले मुझे मिले होते, तो

जमाना मुझे अब तक पागल नहीं कहता।'' वह बड़बड़ाता हुआ आम के पौधों की तरफ दौड़ा। एक झटके में उसने सभी पौधे उखाड़कर फेंक दिये। जो शेष थे उन्हें बेरहमी से तोड़ने-मरोड़ने लगा। अब तो उसको पौधों पर इतना गुस्सा आ रहा था, जैसे सारा कसूर बेचारे पौधों का ही हो।

एक पागल की समझ में आ गया, कि जिस मोहवश वह आम के पौधे लगाने जा रहा था, वे पौधे तो अन्ततः उसके काम आने वाले हैं ही नहीं। किन्तु जो पागल नहीं हैं, वे अभी भी नहीं जानना चाहते, कि ऐसा मोह क्यों और कैसे त्यागा जाय। जो जितने मृत्यु के करीब है, वह उतना ही अधिक पेड़ लगाने के गोरखधंधे में तल्लीन है। दिन-रात यही उधेड़बुन उसके मन में चलती रहती है, कि कैसे अधिक से अधिक मोह के बीज इस संसार में बोये जा सकते हैं। उम्र की सीमा से कई गुना आगे की व्यवस्थायें करने में बड़े उत्साह और आनंद की अनुभूति हो रही है। यह धैर्य पूर्ण धारण किया गया पागलपन नहीं तो और क्या हो सकता है?

31 पाप के रस्ते दुःख की धूप

जिज्ञासा

जिधर देखो, उधर पापी व्यक्ति, इस संसार में अधिक सुखी नजर आता है– ऐसा क्यों?

– संभव समाधान –

पाप करने वाला व्यक्ति यदि सही होता, तो आज संसार में रावण की पूजा होती और राम के पुतले जलाये जाते। यह तो एक भ्रान्ति है। और एक सामान्य बुद्धि का व्यक्ति यह देखकर जल्दी भ्रमित होता है। जिसे आप पापी कहते हैं, वह तो आपको, आज पापी दिख रहा है। जो पाप कर्म कर रहा है, वह आज कर रहा हैं। अभी आप पेड़ से गीली लकड़ी काटो, और अभी उसे जलाने का प्रयत्न करो, तो क्या वह लकड़ी जल सकेगी। आप खूब कोशिश करो, फिर भी वह लकड़ी जलेगी नहीं– धुंआ भले ही उठ जाय। जलाने के लिए तो उसके सूखने तक का इन्तजार करना पड़ेगा। जब वह लकड़ी सूख जाएगी, तो हल्की सी आग से ही, बिना फूँक मारे धू-धू कर जलने लगेगी।

वैसे ही पापी व्यक्ति के पाप कर्मों का हाल है। अभी उसके पाप कर्म, एक गीली लकड़ी के समान हैं। क्योंकि हाल ही में किये हैं। जब वे समय पाकर, सूखी लकड़ी के समान होंगे, तो पापी को उन बुरे कर्मों की आग में जलना ही पड़ेगा। लाख प्रयत्न के बाद भी, वह बुरे कर्म-फल से अपने आपको बचा नहीं सकेगा।

पापी व्यक्ति संसार में अधिक सुखी है। यह तो आपकी भ्रान्ति है। छिपे हुए सूरज की आप लालिमा देख रहे हैं। आपको मालूम नहीं कि सूरज डूब गया है। कुछ क्षण की लालिमा शेष है। जो शीघ्र ही घोर अंधकार में बदल जाएगी। यह सुख जो आपको दिख रहा है, सूरज की लालिमा के समान बहुत क्षणिक है।

आप किसे सुखी कह रहे हैं– एक वाकिया याद आया इस विषय में। एक व्यक्ति था। रास्ते से गुजर रहा था। सफर लम्बा था। गर्मी के दिन थे। दोपहर हुई तो धूप में वह तपने लगा। आगे चलकर उसने देखा– रास्ते के दोनों और एक-एक पेड़ था। दाँयी ओर वाला पेड़, कद में छोटा था, और पत्तियाँ भी छितराई थी। बाँयी ओर वाला पेड़, देखने में बड़ा था, और पत्तियाँ भी घनी थीं। उसने सोचा, चलो थोड़ी देर पेड़ के नीचे बैठकर आराम किया जाय। तभी एक व्यक्ति, जो घने पेड़ के ऊपर बैठा था, बोला– "अरे भाई, पहले सोच लो, तुम किस पेड़ के नीचे बैठना पसंद करोगे।" वह राहगीर पेड़ पर बैठे व्यक्ति की बात सुनकर हँसने लगा और झट से बोला– "अरे, इसमें भी क्या सोचने की बात है। जिस पेड़ पर तुम बैठे हो, उसकी छाया तो दूसरे पेड़ की तुलना में बहुत घनी है। अतः वह व्यक्ति कोई मूर्ख ही होगा, जो घनी छाया छोड़कर छितराई छाया के नीचे जाकर बैठेगा।" यह कहते हुए उस व्यक्ति ने घने पेड़ के नीचे आसन डाल दिया।

थोड़े समय बाद जब धूप और तेज हुई, तो उसने देखा, घने पेड़ की पत्तियाँ मुरझाने लगी हैं। देखते ही देखते पत्तियाँ पेड़ से झड़ने भी लगीं। यह दृश्य देखकर राहगीर हतप्रभ रह गया। अभी तक वह जिस घनी छाया में बैठा था, तेज धूप अब उसके सिर पर पड़ने लगी। उसने दूसरे पेड़ पर नजर डाली तो देखा, वह वैसे का वैसा ही था। उसकी छाया ज्यो-ज्यों धूप बढ़ रही थी, त्यों-त्यों और घनी होती जा रही थी। अब तो उससे रहा नहीं गया। तुरंत उसने पेड़ पर बैठे व्यक्ति से पूछा, "आखिर इस पेड़ के सूखने का रहस्य क्या है?" पेड़ पर बैठे व्यक्ति ने मुस्कराते हुए कहा– "अरे भाई, सीधी सी बात है। जिस पेड़ के नीचे तुम बैठे हो, और जिसे तुम पेड़ समझ रहे हो, यह तो पेड़ है ही नहीं। यह तो किसी बड़े पेड़ की डाली है। इसमें कोई जड़ नहीं है। और बिना जड़ के, डाल कितने समय तक हरी रह सकती है, खुद ही समझ लो। और जो तुम सामने देख रहे हो, वह वास्तविक रूप से पेड़ है, उसकी जड़ें भी हैं। वह पेड़ नित-नित बढ़ने वाला और मीठे फल देने वाला है।"

तो पापी व्यक्ति का सुख भी ऐसे ही, कुछ पल की छाया के समान है, जो जल्दी ही सूख जाने वाला है।

32 मन से कुटिल-खोट का दानी

जिज्ञासा

परोपकार क्या है और परोपकारी कौन है?

– संभव समाधान –

एक किसान अपनी फसल बेचकर शहर से अपने गाँव लौट रहा था। रास्ते में रात हो गयी। उसने एक वाहन को हाथ देकर लिफ्ट माँगी। वाहन में तीन लोग सवार थे। तीनों ने पहले आपस में कुछ कानाफूसी की, और फिर वाहन रोककर किसान को साथ बिठा लिया। जब उन लोगों को पता चला, किसान के पास अच्छी खासी रकम है, तो उन्होंने वाहन को सूने जंगल में ले जाकर खड़ा कर दिया, और उस किसान को मारपीट कर सारे पैसे छीन लिए। वे तीनों, किसान के हाथ-पैर बाँधकर जंगल में अकेला छोड़कर फरार हो गये।

एक असहाय औरत ने, एक समर्थ व्यक्ति से मदद के लिए गुहार की। उस व्यक्ति ने पीड़ित औरत की सहायता तो कर दी, लेकिन मौका देखकर उस बेचारी की ईज्जत भी लूट ली।

आज के समय में यही तो परोपकार है। मौका देख कर परोपकार की कीमत वसूलने वाले, आधुनिक समय के आधुनिक परोपकारी हैं। लाखों गरीब लोगों को लूटकर, किसी धर्म स्थल पर, भण्डारा करवा देते हैं ऐसे परोपकारी लोग। किन्तु यह सही अर्थों में परोपकार नहीं, खरा स्वार्थ है। और ऐसा करने वाले लोग परोपकारी नहीं, शुद्ध स्वार्थी हैं।

सही अर्थ में तो परोपकार है, बिना कुछ लिए किसी को कुछ देना। सही मायने में परोपकार है संसार को प्रकाश देना– ऐसा परोपकार करने वाला है सूर्य। परोपकार करते हैं पौधे। जो बिना किसी मोल के, निःस्वार्थ भाव से सबको फल देते हैं। परोपकार करती है यह धरती, ये नदियाँ, ये प्राकृतिक सम्पदा। इनसे जानिये परोपकार का अर्थ, और परोपकारी की सही परिभाषा। जहाँ स्वार्थ की पैनी नजर किसी कर्त्तव्य के पीछे है, वहाँ कैसे हो सकेगा कोई कार्य परोपकार का।

धुंध के दीप – मानस भारतीय

साधु शरीर से नहीं स्वभाव से बनता है।

-- ❧ --

कसाई कत्ल करने के लिए एक छुरी टूटने पर दूसरी छुरी ले आता है वैसे ही मनुष्य माया में डूबने के लिए एक के बाद दूसरा यत्न करता है।

-- ❧ --

33 इत-उत क्यों तू देखता?

जिज्ञासा

मेरी नजर अपनी उपलब्धि पर कम औरों की उपलब्धि पर अधिक रहती है। मेरी प्रबल इच्छा रहती है कि मुझसे आगे कोई नहीं निकलना चाहिए। पड़ौसी की तरक्की से मन ही मन 'मैं' जलता रहता हूँ। इस तरह जीवन का सुगम रास्ता, दूसरों से होड़ करते-करते, अत्यधिक कठिन हो गया है। मैं क्यों अपनी मुश्किल का स्वयं जिम्मेदार बन रहा हूँ? कैसे इस हीन सोच से अपने आपको बचाया जा सकता है?

– संभव समाधान –

लाखों कोस का सफर तय कर चुकने के बाद भी, किसी मंजिल पर नहीं पहुँच पाते हैं। जब मंजिल ही नहीं मिली तो क्या मिला? व्यर्थ गया लाखों कोस का चलना। जीवन का एक बहुत बड़ा हिस्सा, या सारा जीवन ही व्यर्थ गया। लाखों कोस की दूरी, जो आपने अपनी इच्छा से तय की है, व्यर्थ ही रही। जीवन के लिए क्या सही और क्या उपयोगी है, यह निर्भर करता है जीवन की वास्तविकता पर। जीने की जीवन्तता पर। प्रश्न छोटे-बड़े या कम-ज्यादा का नहीं है, प्रश्न है सार तत्व का। सूखा हुआ, कितना ही बड़ा कद्दू निचोड़कर, आप उतना रस नहीं निकाल सकते, जितना रस एक तरोताजा नींबू निचोड़कर निकाल सकते हो। बहुमंजिला इमारत में रहने वाले व्यक्ति का जीवन, भूकम्प में उतना ही असुरक्षित हो सकता है, जितना झोंपड़ी में रहने वाले व्यक्ति का जीवन सुरक्षित।

'निःस्वार्थ भाव से कर्म किये जाओ' सभी यह उपदेश देते हैं। पर क्या ऐसा कर पाना सम्भव है? निःस्वार्थ भाव मन में लाना, इतना सहज और सरल नहीं है, जितना लोग कह देते हैं। निःस्वार्थ भाव से तो, एक साधु भी साधना नहीं

करता। उसकी साधना के पीछे भी मोक्ष का स्वार्थ निहित होता है। यदि उसको विश्वास हो जाय कि, साधना से मोक्ष नहीं मिलने वाला, तो वह तुरन्त ऐसी साधना से ऊबने लगेगा।

संसार को दिखाने के लिए, भले ही कोई निःस्वार्थी बनता हो, मन तो सदैव स्वार्थ सागर में डूबा रहता है। हमारी लालसा इतनी प्रबल है, कि हमें वह कभी तृप्त नहीं होने देती। हमने उपलब्धियों की कितनी सीढ़ियाँ चढ़ ली हैं, वे अधिक मायने नहीं रखती। दूसरों ने कितनी सीढ़ियाँ चढ़ी है, वे हमारी गिनती में हमेशा रहती हैं। हमें बराबर यह अहसास बना रहता है, हम औरों से पिछड़ गये हैं या औरों से पीछे क्यों हैं? बराबर प्रयास रहता है, कि तीव्रता से बढ़ें और सबसे आगे निकलें। हम इस प्रयास की धुन में समझ ही नहीं पाते, कि आखिर आगे क्यों निकलना चाहते हैं?

मनुष्य ने यह जीवन, जो बड़ा सरल था, औरों से आगे निकलने की होड़ में, बहुत जटिल बना लिया है। बच्चे के चहरे पर जो सरल और शान्त भाव आपने देखा होगा, वह सरल और शान्त भाव अन्य किसी उम्र के इंसानी चहरे में देखने को नहीं मिलेगा। बड़ा सरल रहस्य है इसका। कोई दौड़ उस बच्चे के मन में नहीं है। अभी कोई सीढ़ियों की होड़, उसने अपने जहन में पनपने नहीं दी है। जो भी सोच है उसकी, वह बहुत छोटी और साफ है। कोई गंदापन नहीं है उसकी निर्मल सोच में। सभी इच्छायें उसके नियंत्रण में हैं। आप ऐसे बच्चे को एक लाख रूपये देंगे, तो वह रूपये नहीं लेगा। यदि आप उसे कोई अच्छी खाने की चीज देंगे, तो तुरंत ले लेगा। उसका मन अभी, एक लाख रूपये तक विस्तृत नहीं हुआ है। यही अन्तर है, छोटे और बड़े में। यही अन्तर है, सीमित और असीमित इच्छा में। बच्चे को कभी चिन्ता नहीं होती, उसका क्या लुट गया और क्या खो गया। वह जहाँ है, जैसा है, वही उसका वास्तविक जीवन है। उसको अपने शरीर से भी बहुत लगाव नहीं होता। तभी तो बच्चा जलती आग को पकड़ लेता है। शरीर के प्रति ऐसा विरक्त भाव तो, पहुँचे संतों में भी नहीं होता। जो वर्षों की तपस्या कर चुके होते हैं।

आपके मन में एक बात अवश्य आ रही होगी– कि बच्चा भी तो इच्छा करता है। और उसकी इच्छा 'बाल-हठ' के नाम से जग-जाहिर है। बात सही है। बच्चा इच्छा करता है और इच्छा भी बड़ी प्रबल। जिसे 'बाल-हठ' कहा गया है। 'बाल-हठ' एक इच्छा जरूर है, किन्तु एक अजीब प्रकार की इच्छा। उस इच्छा की गहराई में जाकर देखो, तो यह बड़े आदमी द्वारा की गयी इच्छा से, बिल्कुल अलग प्रकार की इच्छा है।

'बाल-हठ' बच्चे द्वारा किसी चीज को, और ऐसी चीज को, जो उसने स्वयं की आँखों से भली प्रकार से देखी है, प्राप्त करने की एक प्रबल हठ है। वह चीज अगर उसको मिल जाती है, तो बच्चा चीज मिलते ही शांत हो जाता है। फिर भूलकर भी वह ऐसी इच्छा को ध्यान में नहीं रखता। जो भी लालसा थी, वह पूरी हो गयी। क्या करना उसके पीछे पड़े रहने से। यह एक बच्चे की 'सोच' और 'दर्शन' है। किन्तु बच्चे के अलावा, दूसरे व्यक्ति कभी ऐसा नहीं सोचते, और ना ही ऐसी एकांकी हठ करते हैं। उनके जेहन में तो, ऐसी हजारों हठ, एकसाथ चलती रहती हैं। एक हठ पूरी होती है, तो दूसरी दो हठें और तत्काल पैदा हो जाती हैं। एक नहीं हजारों हठों से घिरा आदमी, जीवनभर हठों के लिए ही जीता रहता है।

'बाल-हठ' एकबार पूरी हुई, तो बालक एकदम हल्का हो जाता है। ऐसे बच्चे को कभी आप गौर से देखें, तो आपको वह एकदम हल्का और प्रसन्न दिखेगा। किन्तु दूसरा व्यक्ति, जो बच्चा नहीं रहा है, हठ पूरी होने के बाद भी बौझिल दिखता है। अरे, बालक तो उसी वस्तु की हठ करता है, जो उसने अपनी आँखों से देखी है, किन्तु आप तो ऐसी-ऐसी वस्तुओं को पाने की हठ किये बैठे हैं, जो आपने कभी सुनी भी नहीं। देखना तो बहुत दूर की बात है।

आपने ऐसा रास्ता क्यों अखत्यार किया है, जिसमें कांटे ही काँटे चुभे हैं। इच्छाओं का पौधा छोटा होगा, तो कम पानी से सींचा जा सकेगा, और कम पानी से हरा-भरा भी रहेगा। यदि इच्छाओं को आपने दरख्त बना दिया, तो तालाब का पानी भी सींचने के लिए कम पड़ जाएगा। हरियाली से हमेशा लहलहाते रहना, आपके अपने हाथ का हुनर है।

बहुत खूब होगा, आप एक छोटे से रास्ते पर ऐसे चलें, जेसे रास्ता आपका और आप रास्ते के है। सही अर्थ में जीवन-आनंद यही है। जो मिला है, उसे सही तरीके से भोगना ही जीवन जीने की सही कला है। जो मिला है, उसे भूलना, और जो नहीं मिला, उसे भोगने की लालसा, आँख बंद कर सफर तय करने के समान है। दूर के रास्ते पर नजर टिकाकर, पैरों तले रास्ते को अनदेखा करके चलना, एक ऊँट की चाल के समान है। ऊँट अगला कदम रखने से पहले कभी जमीन नहीं देखता। उसको नहीं पता कि उसका अगला पैर आग पर पड़ने वाला है, या पानी में। बस उसे चलना है। बहुत दूर की जमीन देखकर। ऊँट का जीवन, वास्तविक रूप से कैसा जीवन होगा, यह तो वही जाने। किन्तु ऊँट के तरीके से चलने वाले आदमी का जीवन कैसा होगा, यह तो जाना ही जा सकता है।

34 कोई जानेगा जानन हारा

जिज्ञासा

हिन्दू, मुस्लिम, सिख, ईसाई आदि-आदि नाम धर्मों के हैं। सभी धर्मों में पूजा-पाठ की विधि भी अलग-अलग है। ईश्वर के स्वरूप के बारे में सभी धर्मों की मान्यता भी भिन्न है– कहीं साकार तो कहीं निराकार। ईसाई समझते हैं, यदि कोई व्यक्ति ईसाई धर्म के अनुसार ईश्वर की पूजा नहीं करता, उसकी मुक्ति असंभव है और वह एक सही धर्म से विमुख है। मन में जिज्ञासा होती है– ऐसी स्थिति में दूसरे धर्मावलम्बियों की मुक्ति कैसे संभव है? यदि ईश्वर रूपी मंजिल तक किसी एक धर्म का ही रास्ता जाता है, तो अन्य धर्मों के रास्ते क्या ईश्वर रूपी मंजिल तक नहीं पहुँचते?

– संभव समाधान –

धर्म–धर्म सब एक हैं,
अर्थ समझलो जान।
ईश्वर द्वारे सब ले जाते,
बाईबिल-वेद-कुरआन।।

महत्वपूर्ण यह नहीं है कि, आप किस धर्म में आस्था रखते हैं, महत्वपूर्ण यह है कि, आप धर्म में आस्था रखते हैं। किसी धर्म विशेष में आस्था रखना, इतना महत्वपूर्ण नहीं है, जितना महत्वपूर्ण आपका धार्मिक होना है। यदि आप धार्मिक हैं, तो धर्म कोई भी हो, अधिक फर्क नहीं पड़ता। ईश्वर रूपी आग पर, आस्था रूपी कागज डालो, लकड़ी डालो, घास-फूस डालो, घी डालो, शक्कर डालो, कुछ भी डालो, सब जलकर एक रूप हो जाता है। और वह है धुआ। कुछ अन्तर नहीं पड़ा, किसके जलने पर धुंआ हुआ। बस दिखाई धुंआ ही देता है।

मन से यदि आप अधार्मिक हो, तो चाहे हिन्दू धर्म का ढिंढोरा पीटते रहो या ईसाई धर्म का, या मुस्लिम धर्म का, आप सदैव अधार्मिक ही रहोगे। ईश्वर तक पहुँचने के लिए, आपके पास कोई रास्ता नहीं है। आस्थाहीन रहकर रास्ता ढूंढना असंभव है।

जैसे सभी जल का स्रोत सागर है, वैसे ही सभी धर्मों का मूल ईश्वर है। उस ईश्वर का, कोई एक रूप नहीं हो सकता। वह अनेक रूपों में विद्यमान है। जैसे, जल नदी में भी है, जल कुँए में भी है, जल झरने में भी है, जल तालाब में भी है। हम ऐसा नहीं कह सकते, कि जल केलल कुँए में ही है। जल अन्य स्थानों पर भी अलग-अलग रूप से विद्यमान है। जिसने केवल तालाब ही देखा है, वही व्यक्ति यह जिद करता है, कि जल तो केवल तालाब में ही है। उसे बिल्कुल विश्वास नहीं होता, कि जल नदी और कुँए में भी है। जिसने नदी, कुंआ, तालाब सब देखे हैं, वही जल की उपस्थिति, हर जगह होने का दावा कर सकता है।

इसी तरह ईश्वर, राम के रूप में भी विद्यमान है, रहमान के रूप में भी विद्यमान है। परमपिता परमात्मा का, अलौकिक रूप जब समझ में आ जाएगा, तो धर्म के नामों का चक्कर खुद-ब-खुद मिट जाएगा। नाम अनेक हैं पर काम सबका एक है। विभिन्न धर्मों में सुझाये गये मार्ग, एक ही ईश्वर की ओर ले जाने वाले हैं। कहीं कोई फेर नहीं है। धर्म का नाम तो एक चोले के समान है। चोला एक ही है, केवल रंग अलग-अलग है। शरीर को जब ठंड लगती है, तो ठंड भगाने के लिए, कोई रजाई ओढ़ता है, कोई उसी ठंड से बचने के लिए कम्बल ओढता है, तो कोई आग का सहारा लेता है। ठंड एक है, पर ठंड से बचने के उपाय अलग-अलग है। सभी उपायों से ठंड भाग रही है। अब कोई यह कहे, कि केवल कम्बल ओढ़ने से ही ठंड भाग सकती है, तो उसका कहना क्या सही होगा। आपको पता है, कि ठंड तो रजाई ओढ़ने से भी भाग सकती है। ठंड तो आग के नजदीक आने पर भी भाग सकती है। तो बात और स्पष्ट हो जाती है। कि ठंड भगाने के अनेक तरीके हैं। और ये तरीके अपनी-अपनी सुविधा के हिसाब से अपनी-अपनी जगह सही हैं।

इसी प्रकार, उस ईश्वर तक पहुँचने के लिए, अनेक धर्म ईजाद हुए हैं। और सभी धर्म, अपने आप में, हर मायने में परिपूर्ण भी हैं। बस केवल आपको धार्मिक होना है।

जब तक आदमी अधार्मिक है, तब तक वह धर्म के ऊपर कम, और न धर्म के नाम पर अधिक चर्चा करेगा। एक बहस हमेशा छिड़ी रहती है, सर्वोपरिता

की। हिन्दू अपने हिन्दू धर्म को सर्वोपरि कहेगा। ईसाई अपने ईसाई धर्म को संसार का श्रेष्ठ धर्म कहेगा। सर्वश्रेष्ठता की चर्चा या बहस, एक ऐसा विवाद है, जिसका अन्त कहीं नहीं। ऐसे लोग ईश्वर के लिए कतई चिंतित नहीं हैं। चिंतित हैं तो किसी धर्म विशेष के नाम की श्रेष्ठता के लिए। यदि हजारों साल तक यह बहस कराई जाय, कि कौन धर्म श्रेष्ठ है, इसका कभी कोई एकमत हल नहीं निकलने वाला। यह निरर्थक बहस ऐसे ही होगी, जैसे कोई व्यक्ति फटे दूध को, मक्खन के लिए लगातार मथे जाता हो। इस अनवरत बहस का, कोई अन्त इसलिए भी नहीं है, कि सभी धर्म श्रेष्ठ हैं। न कोई छोटा है। न कोई बड़ा। सभी धर्मों का मर्म एक है। उद्देश्य एक है।

धार्मिक जिसे कहते हैं, वह अधार्मिक क्यों हैं? क्योंकि धर्म, जिसे उसने किसी नाम विशेष में बांधकर जकड़ दिया है, और उसको दूसरों पर थोपने का, जो निश्चय कर लिया है, वही सोच आदमी को अधार्मिक कर देती है। आप ठंडे प्रदेश में रहते हैं। मांसाहार करना आपको इसलिए जरूरी है, कि आप अपने को ऐसे ठंडे वातावरण में स्वस्थ रख सकें। आप जब किसी को शाकाहार करते हुए देखते हैं, तो आपके मन में विचार आता है, वह व्यक्ति भी मांसाहार क्यों नहीं कर रहा, जैसे आप करते हैं। आप इस बात से पूर्णतया बेखबर हैं, कि आपकी आदत पहले से ही मांसाहार करने की है। आप ठंडे प्रदेश में रहते हैं, इसलिए आपका मांसाहार करना स्वाभाविक है। किन्तु दूसरे के लिए यह स्वाभाविक कतई नहीं।

बहस का मुद्दा यहीं से आरम्भ हो जाता है। धर्म भी बिल्कुल वैसे ही है। सूर्य के सात रंगों में से, मैं केवल लाल रंग देखकर कहूँ, कि सबको लाल रंग ही दिखे, तो कहाँ तक सही होगा। रंग सात हैं। कोई अपनी इच्छा से बैंगनी देख रहा है। कोई हरा देख रहा है। कोई सफेद देख रहा है। यदि रंग सात हैं, तो लोग अलग-अलग देखेंगे ही। रंग देखोगे, तो रंग दिखेगा। अन्यथा जो सूरज को देखेगा, उसे कोई रंग नहीं दिखेगा। सूरज देखने वाले को, केवल सूरज दिखेगा। सूरज से निकलने वाले रंग नहीं। हिन्दू हिन्दुत्व थोपता है। मुस्लिम इस्लाम। सब अपनी-अपनी सोच में बसे, बेबुनियादी सिद्धान्तों की लड़ाई लड़े जाते हैं। ऐसे सिद्धान्तवादियों के विचार से, संतों का कभी मस्जिद में, और मौलवियों का कभी मंदिर में, जाना नहीं हो सकता। बड़ी मजबूत दीवार, ऐसे धर्मावलम्बियों ने, धर्मों के बीच खड़ी कर दी है। धर्म कभी आपस में मिलना भी चाहें, तो यह दीवार उनको कभी मिलने न दें।

इस प्रसंग में एक कहानी याद आती है– एक व्यक्ति था, उसके चार बेटे थे। जब उस व्यक्ति का अन्त समय आया, तो उसने अपने चारों बेटों को अपने पास बुलाकर कहा– "मेरा जाने का समय आ गया है। मैं चाहता हूँ जो कुछ मेरे पास है, मैं उसको अपने हाथ से, तुम चारों में बराबर-बराबर बाँट दूँ। जिससे तुम लोग, मेरे मरने के बाद, बँटवारे को लेकर कोई कलह नहीं करो। और तुम लोगों के बीच, वही प्यार बना रहे, जो आज है।" उस व्यक्ति की बात से चारों बेटे सहमत हो गये। चूंकि, वह व्यक्ति जमाने की बातों से वाकिफ था, इसलिए उसने यह भी स्पष्ट कर दिया, कि मेरे निर्णय से तुम लोगों को कोई आपत्ति नहीं होनी चाहिए। साथ-साथ बँटवारे की चर्चा आम लोगों में भी कतई नहीं करोगे। चारों बेटे इस बात पर भी सहमत हो गये।

उस व्यक्ति ने अपने बड़े बेटे के, हिस्से में, वह मकान दे दिया जिसमें सभी लोग रहते थे। दूसरे बेटे को, उस मकान के अलावा जो जमीन थी, वह दे दी। तीसरे बेटे को हिस्से में जो भी चांदी थी, वह दे दी। और चौथे बेटे को, जो खरा सोना उसके पास जमा था, वह दे दिया।

पिता ने जो बँटवारा किया, चारों भाई उस बँटवारे से पूर्ण संतुष्ट हुए। कुछ दिन बाद उस व्यक्ति की मृत्यु हो गयी। मृत्यु के बाद, चारों भाइयों ने बंटवारे के अनुसार जायदात के हिस्से किये। बंटवारे के अनुसार, तीनों छोटे भाइयों को, उस घर से बाहर जाना था। घर से बाहर निकलने के बाद, दूसरे बेटे ने जायदात पर अधिकार कर लिया। तीसरे बेटे ने अपने हिस्से में आई चाँदी को समेटा और घर से विदा ली। चौथे ने अपने हिस्से में आया सोना, बक्सों में भरा और चल पड़ा।

नगरवासी यह सब देख रहे थे। किसी को कुछ पता नहीं था, बंटवारे में किसको क्या मिला है। लोग अपने-अपने हिसाब से गणित बैठाने लगे। नगर के अधिकांश लोग, उस मरने वाले व्यक्ति पर थू-थू करने लगे। अरे, कैसा आदमी था, जो मरते समय बेटों के बीच बराबर-बराबर बंटवारा भी नहीं किया। कुछ लोग बड़े बेटे पर थू-थू करने लगे। अरे, कैसा भाई है, पिता के मरते ही, तीनों भाइयों को घर से बाहर कर दिया। कुछ लोग दूसरे वाले बेटे को कोसने लगे– अरे बड़े भाई ने जो किया सो किया, पर इसने भी अपने दो छोटे भाइयों को, दर-दर की ठोकर खाने के लिए छोड़ दिया। जितने लोग उतने मत। सबसे छोटे बेटे के लिए लोगों की सबसे ज्यादा सहानुभूति थी। क्योंकि उसको जो माल मिला था, वह दिखने में कम था। इसलिए बक्सों में ही आ गया। सभी सोच रहे थे, इस बेचारे को न तो कुछ बाप ने दिया, और न ही भाइयों ने। किसी ने घर

हथियाया, किसी ने जायदात हथियायी, और किसी ने चाँदी से भरा भण्डार, इस बेचारे को क्या मिला?

ऐसे विचार सामान्य लोगों के हैं। ऐसे विचार अधार्मिकों के हैं। किसको क्या मिला- यह तो वही जाने जिन्होंने पाया है। देख लेने भर से थोड़े ही समझा जा सकता है कि किसको क्या मिला। सबको बराबर मिला। देखने वाले केवल घर को देख सके। जमीन जायदात को देख सके। चांदी से भरे बोरों को देख सके। उस खरे सोने को कभी नहीं देख सके, जिसको बक्से में भरकर सबसे छोटा बेटा लेकर गया था। देखने वालों ने अपनी आँखों के कौशल से यही देखा, कि सबसे छोटे बेटे को कुछ नहीं मिला। क्या वास्तविक रूप से, उसको कुछ नहीं मिला था। सही अर्थ में तो सबसे अधिक, सबसे छोटे को ही मिला था।

ईश्वर ने सब धर्मों को बराबर बनाया है। सभी धर्मों को बराबर की पूँजी दी है। ऐसे ही, जैसे उस बाप ने अपने चारों बेटों को बराबर-बराबर हिस्सा दिया था। सम्पत्ति का स्वरूप या आकार जरूर अलग-अलग था। कुछ जमाने को दिखने वाली थी, कुछ नहीं दिखने वाली। लेकिन सम्पत्ति थी बराबर। बंटवारा एकदम सटीक था। जिनको मिला था, उनको कभी अपने हिस्से की सम्पत्ति में अन्तर नजर नहीं आया। ना उनको कोई शिकायत थी। अगर अन्तर किया तो उन लोगों ने, जो वास्तविकता से बेखबर थे। तर्क-वितर्क उन्हीं लोगों ने किया, जो बंटवारे को अपनी आँखों से नहीं देख सके थे।

धर्म तो सभी भाई-भाई हैं, किन्तु उन धर्मों को अपने-अपने नजरिये से देखने वाले, लगातार अन्तर किये जाते हैं। ऐसे-ऐसे अन्तर जो वास्तविकता से बहुत दूर हैं। धर्म के नाम पर लड़ते रहना भी, ऐसे ही विवेकहीन अधार्मिक लोगों के कृत्य हैं। वे उस पिता के चार बेटों में से नहीं हैं, जिन्होंने अपनी आँखों से बंटवारे को प्रत्यक्ष देखा है, और उसकी न्यायसंगतता से सहमत हुए हैं।

उस पिता ने अपने बेटों से कह दिया था, बंटवारे का जिक्र जमाने के लोगों से मत करना। इसके पीछे भी पिता का मन बेटों की भलाई में रहा होगा। पिता को यह बात भलीभांति मालूम थी, कि इस बंटवारे को आम लोग समझ नहीं पायेंगे। और जब समझ नहीं पायेंगे, तो तर्क की जगह कुतर्क ही होगा। और वही कुतर्क भाइयों के बीच कलह को जन्म देगा। जब हजार व्यक्ति भ्रमित करें, तो एक व्यक्ति भ्रमित हो ही जाता है। इसीलिए पिता ने पुत्रों को आगाह कर दिया था, कि बंटवारे की बात किसी और से न कहना।

अधार्मिक लोग सहज एकमत हो जाते हैं। एकमत इसलिए, कि वे थोपते हैं। थोपते इसलिए हैं, कि वे एक बड़े समूह और शक्ति में हैं। वे चाहते हैं, कि जो वे समझते हैं वैसा ही सब लोग समझें। और जैसा वे सोचते हैं, वैसा ही सब लोग सोचें। अर्थात्, यदि मैं रोटी खाता हूँ, तो सब लोग रोटी खायें। चाहे उनको भूख लगी हो या नहीं। भूख के लगने या न लगने से, ऐसी सोच वालों का कोई सम्बन्ध नहीं। सम्बन्ध इनका केवल थोपने से है।

तो, ईश्वर रूपी ठंड मिटाने के जरिये, हजार हो सकते हैं, ठंड तो केवल एक है। जब कोई व्यक्ति इस ठंड में ठिठुरता है, तो ठंड से बचने के लिए लिबास कैसा भी ओढ़ले, साधन कोई भी अपना ले, उद्देश्य तो केवल ठंड मिटाना है। इस स्तर तक जब आपकी सोच होगी, तो धर्म का कोई नाम नहीं होगा। फिर केवल आप धार्मिक होंगे। इसके पश्चात् आप धर्मों के अनेक नाम में नहीं, ईश्वर के एक नाम में अनुरक्त होंगे। ऐसे ही, जैसे सभी नदियाँ सागर में खोकर अपने आप को सागर समझने लगती हैं।

धुंध के दीप – मानस भारतीय

सद् विचार यदि शत्रु से भी मिलते हों, तो अवश्य लेने चाहिए।

-- ❧ --

धार्मिक पाखंडों से ईश्वर प्राप्ति कभी नहीं हो सकती, ऐसे ही जैसे पीछे से हाथ घुमाकर नाक को नहीं पकड़ा जा सकता।

-- ❧ --

35 हीरा ही खोजे हीरे को

जिज्ञासा

जो गहराई तक उतरते हैं, वे मोती लेकर आते हैं। किन्तु कुछ लोग गहराई तक उतरने पर भी खाली हाथ लौट आते हैं– ऐसा क्यों?

– संभव समाधान –

. . . कुछ लोग गहराई तक उतरने पर भी खाली हाथ लौट आते हैं . . . क्योंकि खाली हाथ लौटने वाले व्यक्ति, गहराई तक उतर ही नहीं पाते। यदि गहराई तक उतर भी जाते हैं, तो मोती नहीं ढूंढ पाते। और अगर मोती ढूंढ भी लेते हैं, तो पकड़ने का हुनर उनमें नहीं होता। इतनी सारी कमियाँ जिनमें नहीं होती, वे ही गहराई से मोती लेकर बाहर आते हैं।

यहाँ 'हुनर' शब्द बड़ा महत्वपूर्ण है। हुनर है तो सब जगह उपलब्धि है। हुनर नहीं है, तो सब जगह खोना ही खोना है। पाना कुछ नहीं। सबके सामने कागज एक जैसा होता है। काले, पीले, हरे, नीले रंग भी सबके सामने, एक समान होते हैं। सामग्री या संसाधनों में कहीं कोई, रत्तीभर भी फर्क नहीं है। एक व्यक्ति अपने हुनर से उसी कागज पर, उन्हीं उपलब्ध रंगों के संतुलित प्रयोग से, एक आकर्षक तस्वीर बना देता है। दूसरा व्यक्ति, उसी कागज पर, उन्हीं रंगों के असंतुलित प्रयोग से, भद्दी-भद्दी लाइनें कर देता है।

जिसके पास हुनर है, वह उसी सामग्री के प्रयोग से, महान कलाकार हो जाता है। और जिसके पास हुनर नहीं है, वह वैसे ही संसाधन उपलब्ध रहने पर, वैसे के वैसा ही रहता है।

सागर की गहराई में मोती तो छिपे ही हैं, ऐसे ही जैसे, कागज और रंगों के सही प्रयोग में, अद्भुत कलाकृति छिपी हुई है। जिसके पास हुनर है, वही

उस छिपी हुई कलाकृति को उभार सकता है। ऐसा व्यक्ति ही गहराई से मोती ला सकता है। जिसके पास हुनर नहीं है, वह गहराई में उतरने पर भी खाली हाथ लौटता है।

36 ईश्वर दिखा न मोय

जिज्ञासा

यह सब ईश्वर की देन है। जो भी करेगा ईश्वर करेगा। दुःख-सुख देने वाला तो ईश्वर ही है। जन्म-मरण सब उसी के हाथ में है। अधिकांश लोग यही रटते रहते हैं। किन्तु ईश्वर तो, कभी किसी के सामने, प्रत्यक्ष होते ही नहीं। जो कुछ संयोग से हो रहा है– उसे हम ईश्वर की देन समझ लेते हैं। क्या यह अंधविश्वास नहीं हो सकता?

– संभव समाधान –

चूंकि हम भौतिक संसार में रहते हैं, और हमें विश्वास तभी होता है, जब कोई चीज, हमें अपनी आँखों से प्रत्यक्ष दिखाई दे। बिना देखे विश्वास नहीं होता। विश्वास करने का यही एक आधार है हमारा।

हम कहते हैं कि ईश्वर अदृश्य है। और कभी किसी को दिखता नहीं। फिर संदेह होता है ईश्वर है भी या नहीं। यही सोच हमें धर्म के प्रति, या ईश्वर के प्रति अनास्थावान बना देती है। और मनुष्य अपनी बुद्धि के कौशल को, सर्वश्रेष्ठ मानते हुए ईश्वरीय अनुकम्पा को दोयम करार देता है।

आप रेल में सफर कर रहे हैं। सफर के दौरान रेल दुर्घटनाग्रस्त हो जाती है। आपके साथ सफर कर रहे अधिकांश लोग, मृत्यु को प्राप्त हो जाते हैं। किन्तु, आपके साथ संयोग बैठता है, और आप उस हादसे में सुरक्षित बच निकलते हैं। अफरा-तफरी में लोग आपस में धक्कम-धक्का करते हैं, और इसी धक्का-मुक्की में आप, खिड़की से बाहर हो जाते हैं। आप कभी नहीं सोचते, सभी लोगों ने मिलकर, आपको ही खिड़की तक क्यों धकेला। आपके हिसाब से तो, खिड़की तक लाने में, ईश्वर का कोई सहयोग हो ही नहीं सकता। क्योंकि सभी कुछ, आपकी आँखों के सामने घटित हुआ है। खिड़की तक लाने में, आपको

कहीं कोई ईश्वरीय हाथ प्रत्यक्ष नहीं दिखा। बात विश्वास करने की है। ऐसे ही जैसे जंगल में शेर हजारों होते हैं, किन्तु राजा कोई एक ही शेर बनता है। ऐसे ही जैसे, साधु पुरूष बहुत हैं, किन्तु दिव्य-ज्ञान किसी-किसी को ही मिलता है। ऐसे ही जैसे कठोर साधना अनगिनत लोगों ने की, किन्तु भगवान की उपाधि, महात्मा बुद्ध को ही मिल सकी। दुनियाँ की भीड़ में, बात-बात के लिए संघर्ष कर रहे लोग, सफलता के पीछे ईश्वर का हाथ कैसे स्वीकार कर सकते हैं– क्योंकि प्रत्यक्ष आकर ईश्वर ने, किसी को सफलता की सीढ़ियाँ नहीं चढ़ाई हैं।

एक शब्द है 'संयोग'। क्या 'संयोग', उस ईश्वर का, आपके लिए अदृश्य सहयोग नहीं है। फिर भी विश्वास नहीं होता। क्योंकि, आपने मान लिया है, 'संयोग' एक अनायास घटित होने वाली घटना है। संयोग तो कुछ भी बैठ सकता है। इसे आप संयोग ही कहेंगे, आप आम तोड़ने गये, किन्तु ऊंचे से आम तोड़ने के लिए, आपके पास कोई साधन नहीं है। आपकी तीव्र इच्छा है, ऊँची शाखा से पका आम तोड़ने की, करें तो क्या करें? कुछ नहीं हो सकता। निराश होकर आप लौटना ही चाह रहे थे, कि कहीं से एक पक्षी आया, और उस पके आम की टहनी को कुतरने लगा। वही आम, जिसकी आप इच्छा कर रहे थे, कुछ ही पल में टूटकर, आपकी झोली में आ पड़ा। आपके हिसाब से तो इसे संयोग ही कहा जाएगा। इसमें तो भगवान कहीं आड़े नहीं आए। आपके जहन में, यह ख्याल कभी नहीं आता, कि बिना साधन के ऊँची डाल से, आपको आम की प्राप्ति कैसे हो गयी? जबकि आप निराश होकर लौटने ही वाले थे।

आपके संदेह का, एक कारण यह भी हो सकता है। आप किसी काम की बड़ी तीव्र इच्छा करते हैं, और वह काम नहीं हो पाता। आप ईश्वर के सामने, अपने हिसाब से, सब कुछ न्यौछावर कर देने को तत्पर हो जाते हैं। फिर भी आपका वह काम नहीं हो पाता। आपका संदेह ईश्वर पर और गहरा जाता है।

आप जो मांगेगे, वह ईश्वर देगा। आपके हिसाब से उसे, आपकी इच्छानुसार अवश्य देना चाहिए। यदि नहीं देता है, तो लगता है, ईश्वर कहीं नहीं है। यहाँ एक चीज समझ पड़ती है। आज जिससे आप इतनी लगन से माँग रहे हैं, हो सकता है, वह चीज ईश्वर आपको पहले ही देना चाहता हो, लेकिन आपने ऐसी चीज की, उस समय कतई आवश्यकता नहीं समझी हो। उसके स्थान पर, आपने अपनी बुद्धि से, कुछ और ही माँग लिया हो। एक यह भी हो सकता है, जिसे आप आज माँग रहे हैं, वह भविष्य में आपके लिए अनिष्टकारी हो। एक वास्तविकता यह भी तो हो सकती है, जिसे आज आप ईश्वर से माँग रहे हैं, उसका अभी समय नहीं आया हो। मनुष्य की प्रवृत्ति बड़ी विचित्र है। जो भी वह

इच्छा करे, उसे वह तुरंत मिलना चाहिए। अन्यथा भगवान का, या अन्य आध्यात्मिक बातों का, कोई अर्थ नहीं है।

समय आने पर ही कोई पेड़ फल देता है। आम का पेड़ आज आपने रोपा है, और चाहते हैं कि कल इसमें फल लग जायें, तो यह कैसे संभव होगा। आज रोपे गये पेड़ से यदि आपको फल लेने हैं, तो चार-पाँच वर्ष इन्तजार करना आवश्यक है। और इन्तजार ही नहीं, उसकी पूरी परवरिश भी करनी पड़ेगी। तभी आम के फल आपके हाथ लग सकेंगे।

जैसे, हवा में सुगन्ध नहीं दिखती, किन्तु सुगन्ध हवा के साथ बहकर, सारे वातावरण को सुगन्धित कर देती है, वेसे ही ईश्वरीय स्वरूप, दिखाई न देते हुए भी, सच्चे श्रद्धालु भक्त का कल्याण अवश्य करते हैं। देखने भर से संतुष्ट होना, या देखने से ही किसी चीज को अस्तित्वपूर्ण समझना, एक नादानी है। आपकी नजरों के सामने, दो कदम की दूरी पर रखी कोई चीज, दिन के उजाले में भलीभांति दिखती है। रात के अंधेरे में, वही दो कदम पर रखी चीज, आपको बिल्कुल दिखाई नहीं देती। तो क्या आपके हिसाब से, अंधेरे में उस चीज का अस्तित्व मिट जाता है? चीज वही है, केवल फर्क आँखों में अंधेरे या उजाले का है।

वस्तु अवश्य एक है, किन्तु हमारी समझ ने, उसके अर्थ दो कर दिये हैं। ऐसे ही जैसे, कोई काम एक समय में, एक के लिए अच्छा हो, और वही काम उसी समय, दूसरे के लिए बुरा हो। दो व्यक्ति नदी पार कर रहे हैं। एक ने दूसरे का हाथ पकड़ा हुआ है। एक व्यक्ति को तैरना आता है, एक को नहीं। बीच नदी में, एक व्यक्ति का पैर फिसल जाता है, और गहरी धारा में बहने लगता है। दूसरा व्यक्ति भी उसके साथ बहने लगता है। तैरने वाला व्यक्ति, तैरकर अपने आपको बचाने का प्रयास करता है। जिस व्यक्ति को तैरना नहीं आता, वह तैरने वाले व्यक्ति के पैर को, कसकर पकड़ लेता है। जिस व्यक्ति ने पैर पकड़ा है, उसके लिए पैर पकड़ने का काम, अति महत्वपूर्ण है। स्वयं को डूबने से बचाने के लिए। जबकि यही काम, उस व्यक्ति के लिए, जिसका पैर पकड़ा गया है– उतना ही महत्वहीन और गलत है। एक काम, दो व्यक्तियों के लिए, कितना भिन्न हो गया है। ऐसा करके, एक अपनी जान बचाने की कोशिश कर रहा है; दूसरे की जान जाने का खतरा प्रबल हो रहा है।

सब कहते हैं, चोरी करना पाप है। किन्तु, मजबूरी में की गयी चोरी, कभी-कभी पुण्य का प्रतीक होती है। कृष्ण ने भी बाल्यावस्था में बहुत माखन-चोरी की थी। तो क्या कृष्ण द्वारा माखन चुराना पाप कर्म था? एक नाम विशेष से

हमारी सोच बँध क्यों गयी। और उस बँधी हुई सोच से ही, हमने अपने सिद्धांत क्यों अटल कर लिये। और इन्हीं सिद्धांतों की, हम जमाने में क्यों दुहाई देने लगे। हमने अपने जीने के रास्ते, मिथ्या-सिद्धांतों तले, निश्चित कर लिए हैं।

चाहे जो हो, हमें काम वही करना चाहिए, जो सही हो। सही क्या है– जो संसार कहता है। और संसार क्या है– जिसमें हम रहते हैं। घूम फिर कर माला तो एक ही है। मनिके भी एक जैसे ही हैं। तो आपके हिसाब से माला और मनिके ही सही हैं। किसने माला बनाई? किसने मनिके पिरोये? कभी सोचने की आवश्यकता महसूस की आपने। बिना समझे, बिना कुछ जाने, लड़ने चले कर्म के नाम की लड़ाई। अपने चिन्तन की गहराइयों में उतरकर, यह प्रश्न उठाओ– पुण्य क्या है, पाप क्या है; अच्छा क्या है, बुरा क्या है; आपको क्या पाना है, आपको क्या छोड़ना है– अनेकानेक प्रश्न आपके जहन में अनुत्तरित ही रहेंगे।

हम कहते हैं ईश्वर अदृश्य है। पर ईश्वर को, हमने महसूस करने की कोशिश कब की है। हो सकता है, आपमें से ही किसी के अन्दर ईश्वर के गुण आये हों। क्योंकि गुण और अवगुण तो आपके अन्तःकरण में बसे हैं। ईश्वर की परिधि का निर्धारण, आपने अपने विचार और आचरण से तय कर दिया है। पुण्य की पराकाष्ठा पुण्य है। पाप की पराकाष्ठा घोर पाप है। सत्यापित किसने किया, कि अच्छा क्या और बुरा क्या है। एक काम के दो-दो अर्थ हमारे समक्ष प्रत्यक्ष हैं। तो द्विअर्थी जब प्रत्येक कार्य है। तो निष्कर्ष क्या निकाला जाय- सकारात्मक या नकारात्मक। अर्थात्, चोरी करना पाप है, या पुण्य?

हिन्दुओं के लिए ईश्वर मूर्त रूप है। मुसलमानों के लिए वही ईश्वर अमूर्तरूप। कितना विरोधाभास है, ईश्वर के स्वरूप के विषय में। दो धर्मावलम्बी ज्ञानियों के बीच, धर्म के बारे में विरोधाभास! और ऐसे ज्ञानियों के बीच, जो अपने-अपने धर्म के पुरोधा हैं। यदि दो धर्म गुरूओं के बीच, ईश्वर के आकार को लेकर ही दो विरोधी विचार हैं, तो सामान्य मनुष्य के विचारों में, विरोधाभास होना तो एक स्वाभाविक क्रिया है।

कभी कोई सभा या सम्मेलन का संबोधन, ईश्वर ने नहीं किया। किसी के घर पर आकर, ईश्वर ने खाना नहीं खाया। आम आदमी का कभी, ईश्वर से साक्षात्कार नहीं हुआ। कभी किसी ने, ईश्वर को अपनी आँखों से नहीं देखा। फिर कैसे विश्वास हो कि ईश्वर है?

आँखों से देख लेने भर से, किसी चीज की प्रमाणिकता सिद्ध नहीं हो सकती। जब आप अपनी प्रेमिका से प्रेम करते हैं, तो क्या प्रेम को आप अपनी

इन स्थूल आँखों से देख पाते हैं। क्या किसी प्रेम रूपी वस्तु का, कोई आदान-प्रदान होता है। प्रेम की, केवल एक अनुभूति, आप अपनी गहन सोच में अनुभव करते हैं। वही अनुभव ईश्वर की अनुभूति का भी तो हो सकता है। जब आप अपनी प्रेयसी के प्रेम में इतने खो जाते हैं, कि चाँद-तारे भी आपको अपने प्रेम के सामने बड़े छोटे नजर आते हैं– और आसमान से उन्हें तोड़कर, प्रेयसी की माँग में भरने का वादा कर देते हैं– तो ईश्वर से प्रेम की अनुभूति में मुश्किल क्यों होती है?

आदमी ने केवल आँखों से देखना सीखा है। और विश्वास भी आँखों से देखकर करता है। उन आँखों से देखकर, जो एक मील की दूरी तक भी, भली प्रकार से नहीं देख सकती। ऐसी आँखें, जिनके सामने कुछ दूरी के ही चित्र धुंधला जाते हैं। ऐसी आँखे, ऐसे ईश्वर को क्या देख पायेंगी, जिस ईश्वर का प्रभुत्व, पूरे ब्रह्माण्ड में व्याप्त है। ऐसा व्यापक स्वरूप, कैसे इन छोटी आँखों से दिख सकेगा?

संसार क्या है? धर्म क्या है? ईश्वर कहाँ है? अनगिनत प्रश्न आदमी के मन में उठते हैं। रह-रहकर विश्वास नहीं हो पाता कि ईश्वर है भी या नहीं। ऐसे ढुलमुल विश्वास वाले लोगों के झुंड में एक जादूगर आया। उसने अपनी झोली से एक पुड़िया निकाली और बोला कि इस पुड़िया में ईश्वर है। लोगों ने पुड़िया खोलकर देखी, तो उसमें किसी मेरे आदमी की आकृति छपी थी। दर्शकों का विश्वास, उस जादूगर से तुरन्त टूट गया। इसके बाद दूसरा जादूगर आया। उसने भी कहा, पुड़िया में ईश्वर है। लोगों ने पुड़िया खोली तो पाया, कागज पर सांकेतिक शब्दों में कुछ लिखावट थी। लोगों ने उसको भी भला-बुरा कहकर चलता किया। फिर एक तीसरा जादूगर आया। उसने भी अन्य जादूगरों की तरह, पुड़िया में ईश्वर होने का दावा किया। पुड़िया खोली गयी, तो कागज पर एक सुंदर स्त्री का चित्र बना था। एक के बाद एक जादूगर आते गये, और अपने-अपने कौशल की पुड़िया, उस ढुलमुल भीड़ को दिखाते गये। विश्वास हुआ और तुरन्त टूट गया। देखते-देखते भीड़ थक गई, लेकिन ऐसी पुड़िया थमाने वाले जादूगरों का अन्त नहीं आया। भीड़ में खड़े लोगों को पता ही न चला, कौनसा जादूगर क्या दृश्य दिखा गया। सत्यता, उन तमाम पुड़ियाओं में से कौनसी पुड़िया में रह गयी, भ्रमित भीड़ कुछ समझ ही न सकी। दिखाना तो सीधे-सीधे ईश्वर था। पर भ्रमित कर दिया ऐसे जादूगरों ने, जो चालाकी के हुनर से केवल जादू करना ही जानते हैं। इस प्रकार की जादुई पुड़ियाओं में, जिससे आप रोज-रोज ठगे जाते हैं, कोई जादूगर आएगा, और ईश्वर होने का आपके

मन में विश्वास पैदा करेगा, असम्भव है। विश्वास किसी और के कराने से तो, और अनिश्चित है। विश्वास, स्वयं के करने से ही दृढ़ होता है।

जीवन के उतार-चढ़ाव में, आपका मन कभी-कभी यह जरूर सोचता होगा, कि कोई शक्ति, आपके विवेक, बुद्धि, हुनर, आदि सभी से बढ़कर है। यदि मन के अन्दर, उस शक्ति के बारे में जानने की जिज्ञासा पैदा होगी– तो वही प्रथम खोज होगी, मंजिल को तलाशने की।

जो लोग अपने आपसे यह प्रश्न करना आरम्भ कर देते हैं, कि वे क्यों कष्ट उठा रहे हैं– या वे कहाँ से आये हैं- या मृत्यु के बाद कहाँ जायेंगे– जो हमारे हैं, वे इतने अजीज होकर भी जुदा क्यों हो जाते हैं– जो अनुभूति हम इस जीवन में कर रहे हैं, क्या वही अनुभूति और जन्मों में भी थी- जो पक्षी, आकाश में उड़ रहा है, क्या वह भी अपने जीवन के बारे में कुछ ऐसा ही सोचता है– आदि-आदि। तो यह जानने की इच्छा ही नींद से जागने का संकेत है। यही ईश्वर के अस्तित्व का प्रतिबिम्ब है।

हवा चाहे दिखे या न दिखे, पर साँस तो हवा से ही संभव है। विज्ञान ने, हवा से ऑक्सीजन को खोजकर 'प्राण-वायु' बना दिया– लेकिन प्राण-वायु को किसने बनाया? अन्त तक सोचते रहो।

37 बैरागी मन लोभ समाया

जिज्ञासा

इस संसार से मुझे विरक्ति हो गयी है– क्या संसार छोड़ने से कुछ लाभ हो सकेगा?

– संभव समाधान –

लाभ तो आपको हो चुका, यदि सच्चे मन से आपको इस संसार से विरक्ति हुई है। और यदि यह विरक्ति होने का ढोंग है, तो कोई फायदा नहीं होगा आपको, घर या यह संसार छोड़ने से। महत्वपूर्ण है विरक्ति। और वह भी सही अर्थों में। लोमड़ी वाली विरक्ति नहीं। लोमड़ी की पहुँच से अंगूर दूर थे, तो उसको अंगूर खाने से विरक्ति हो गयी थी। यह कहते हुए कि अंगूर खट्टे हैं। लोमड़ी के द्वारा, अंगूरों को खट्टा बताना तो एक ढ़ोंग था। उसका लालची मन तो, अंगूरों की मिठास का मोह, छोड़ ही नहीं पा रहा था।

आपको विरक्ति क्यों हो गयी है संसार से? या तो बहुत बड़ा घाटा लग गया है व्यापार में। आगे दूर-दूर तक लाभ होने की कोई संभावना नहीं है। या धन-दौलत आपके पास नहीं है। धन-दौलत के लिए आप प्रयास करके हार चुके हैं। या किसी प्रेमी व्यक्ति ने, आपको धोखा दे दिया है, और आप इस घटना से बहुत गहरे में आहत हुए है। या आप शारीरिक रूप से बहुत रोगग्रस्त हैं। संसार के सुखों को भोगने के लिए, आपका शरीर पूर्ण रूप से, अक्षम हो चुका है। या आपकी संतान नालायक है। आपकी हर बात को विपरीत समझकर हमेशा झगड़ती रहती है।

ऐसे हालातों में पड़कर, यदि संसार से आपको विरक्ति हुई है, तो यह निरा ढ़ोंग है। जिस व्यक्ति को उठाकर, जबरदस्ती कुंए में फेंक दिया गया, उसे तो अब कुंए में डूबना ही है। अब अगर वह फेंके जाने की धटना को, यह कहता फिरे कि उसने, स्वयं कुंए में छलांग लगाई है– तो इसे आप क्या कहेंगे?

यदि आप ऐसा ढ़ोंग नहीं कर रहे हैं तो निश्चित जानो, विरक्ति का भाव आते ही आपको, लाभ होना शुरू हो गया। आप संसार से विरक्त होकर, संसार छोड़ना चाहते हैं। बहुत अच्छा है। कृपया थोड़ी विरक्ति और जागृत करो, और इस नश्वर शरीर के लिए भी विरक्त भाव मन में लाओ। तो सुखों से भी विरक्त होने लगेगा। और इस लाभ का प्रवाह, निरंतर आपके अन्तस् में प्रवाहित होकर, आपको दिव्यता प्रदान करेगा।

38 झूठा खोये, सच्चा पाये

जिज्ञासा

झूठ बोलने पर मुझे लाभ और सच बोलने पर मुझे नुकसान हुआ है। यह मेरी स्वयं की परखी बात है–ऐसा क्यों?

– संभव समाधान –

यह आपने स्वयं ने ही परखी है, तभी तो सब उल्टा हो रहा है। कोई और परखता तो ऐसा नहीं होता। जब आप स्वयं ही, सच-झूठ बोलने वाले, स्वयं ही नफा-नुकसान का हिसाब लगाने वाले हो, तो सही आंकलन कैसे हो सकेगा? धतूरे का फूल, फूलों की पंचायत में यह दावा करे, कि वह सब फूलों में सुन्दर है। उसमें सब फूलों से अधिक खुशबू है। उसके सामने क्या गुलाब। क्या कमल। सब बेकार हैं। तो समझ लीजिये, आंकलन करने वाला, अपना ही पक्ष कर रहा है। निष्पक्ष नहीं है उसका आंकलन।

पंचायत में बैठे दूसरे फूल, गुलाब की तरफदारी करते हुए कहते हैं– ''अरे धतूरे, तेरे अन्दर वो खुशबू कहां, जो गुलाब में है। तेरे अन्दर वो सुन्दरता कहां, जो कमल में है।'' धतूरे का फूल, दूसरों के कहने से हार थोड़े ही मानने वाला है। वह अपने पक्ष में सौ तर्क जुटा लेता है। और बड़े इत्मीनान से कहता है– ''अरे, गुलाब भी कोई फूल है। बेचारा काँटों पर टिका रहता है। और कमल, जो पैदा ही कीचड़ में होता है, वह मुझसे अच्छा कैसे हो सकता है। मेरी शुमार, भगवान शिव के प्रिय फूलों में होती है।''

यह व्यक्तिगत और एकतरफा तर्क, सच्चाई से कभी मुखातिब नहीं होने देते। स्वयं के कर्मों का, स्वयं द्वारा किया गया आंकलन, कभी निष्पक्ष नहीं हो सकता। सोने को परखने के लिए कसौटी है, पर कसौटी को परखने के लिए क्या है? गंदा जीव, जैसे गंदगी में ही सांस लेकर स्वस्थ रहता है; वैसे ही गंदी सोच वाला व्यक्ति, गंदे परिणामों को भी लाभ बताये जाता है। सच का तिरस्कार और झूठ से लगाव होना भी ऐसे ही हैं।

जिस बात को कुटिल व्यक्ति, सच्चाई से नहीं मनवा सकते, वे झूठ से अपनी बात को, सहज मनवा लेते हैं। इसलिए वे सोचते हैं कि, फायदा तो झूठ बोलने में ही है। यदि कोई चोर व्यक्ति, किसी को सच-सच कह दे, कि कोई चोरी करने में उसकी मदद कर देगा, तो उसका काम आसान हो जा सकेगा। तो शायद ही कोई व्यक्ति उसकी मदद को तैयार होगा। चोरी के स्थान तक पहुंचने के लिए, वह किसी से झूठ बोलता है– भाई मुझे जरा अमुक स्थान तक छोड़ दीजिए, क्योंकि मैं अपने एक बीमार रिश्तेदार से मिलने जा रहा हूँ। तो कोई भी व्यक्ति, उसकी सहायता करने को तैयार हो जाएगा। वह नहीं समझता कि, झूठ बोलने में जिसे वह लाभ समझ रहा है, वह वास्तव में बड़ा नुकसान है। और सच को बोलने पर, जो नुकसान होना समझ रहा है, वही बड़ा लाभ है। जैसे कि चोरी का इरादा सच-सच किसी को बताकर मदद की गुहार करोगे, तो कोई मदद को तैयार नहीं होगा। लेकिन चोरी करने के जो बुरे परिणाम संभव हैं, वे सुनने को अवश्य मिल जायेंगे। फिर हो सकता है, चोरी करने का इरादा ही बदल जाय। यदि चोरी का इरादा बदल जाता है, तो स्पष्ट है सच बोलने पर लाभ ही हुआ।

जिन्होंने परख लिया है, कि झूठ बोलने पर लाभ और सच बोलने पर नुकसान हुआ है। वे दावे के साथ इस तथ्य को स्वीकार कर रहे हैं, कि उनकी सोच एक धतूरे के फूल के समान, एकतरफा हो चुकी है। यह सोच उनको, कभी दूसरी बात सुनने या समझने ही नहीं देती। ऐसे व्यक्ति नहीं जानते–सही नफा और गलत नुकसान क्या है।

एक गाँव में मंदिर था। मंदिर गाँव से थोड़ी दूरी पर जंगल में बना था। उस मंदिर में भगवान की कीमती मूर्ति थी। एकबार एक चोर वहाँ से गुजर रहा था। उसने स्थानीय लोगों से मूर्ति के बारे में सुना। यह सुनकर उसके मन में लालच आया। क्यों न भगवान की इस मूर्ति को ही चुराया जाय। सो मौका देखकर वह मंदिर की ओर चल पड़ा। मंदिर के रास्ते में उसे पुजारी मिला। पुजारी ने उस व्यक्ति से, असमय मंदिर की ओर जाने का कारण पूछा। उस व्यक्ति ने सहज कह दिया, वह एक परदेशी है और भगवान के दर्शन करने की बड़ी प्रबल इच्छा है। पुजारी ने उस व्यक्ति को चेताया– ''भई मंदिर में दर्शन की नीयत से ही जाना। यदि और कोई नीयत हो तो मंदिर में मत जाना, अन्यथा भगवान तुम्हारा बहुत अनर्थ कर देंगे।''

चोर ने सोचा। भगवान क्या अनर्थ करेंगे। पत्थर के ही जो ठहरे। पुजारी तो यूँ ही डरा रहा है। भगवान को मेरी अच्छी-बुरी नीयत का क्या पता। सब

कही-सुनी बातें हैं। पुजारी की तो मंदिर से रोजी-रोटी चलती है, सो यूँ ही बकवास कर रहा है।

उस चोर ने पुजारी को सहज भाव से कह दिया– ''हाँ महाराज, भला कोई मंदिर में गलत नीयत लेकर थोड़े ही जाएगा। मैं तो बड़ी श्रद्धा के साथ वहाँ जा रहा हूँ।'' थोड़ी देर बाद चोर मंदिर में पहुँच गया। उसने देखा, मंदिर सूना है। मंदिर के सभी द्वार खुले हुए हैं। चोर के मन में तुरंत विचार आया, मूर्ति उठाने का यह सबसे अच्छा मौका है। और जैसे ही उसने, भगवान की मूर्ति को उठाने के लिए हाथ आगे बढ़ाये, तुरंत उसके हाथों में एक काला सर्प लिपट गया। और फन उठाकर उसके ललाट की तरफ फुंकार मारने लगा। यह देख चोर की साँसे ऊपर की ऊपर और नीचे की नीचे रह गयी। मौत के भय से वह बुरी तरह काँपने लगा। चोर को अब होश आया, उसने पुजारी से झूठ बोलकर कितनी बड़ी भूल की थी। यदि उसने अपने मन की सच्ची बात पुजारी को बतायी होती, तो पुजारी उसे मंदिर में कभी नहीं आने देता। श्रद्धा का झूठा वास्ता देकर, उसने अपनी मृत्यु को स्वयं निमंत्रण दे डाला। वह चोर पश्चाताप के आँसू बहाकर रोने लगा। और भगवान से अपने प्राणों की भीख माँगने लगा।

स्वयं ही मत परखिये, झूठ और सच के नफा-नुकसान को। यह निश्चित है, झूठ का परिणाम बुरा और सच का परिणाम सदैव अच्छा ही होता है। इसमें कोई संदेह की बात नहीं है। झूठ का अस्तित्व हवा में और सच का अस्तित्व गहरे में होता है।

39 बिन माया सब सून

जिज्ञासा

आज के इस भौतिक संसार में पैसा ही सबकुछ होकर रह गया है। दौलत के पीछे सभी अंधे होकर दौड़े जा रहे हैं। दौलत से संसार के सभी सुख पाये जा सकते हैं। यहाँ तक कि आजकल लोग दौलत के बल पर मोक्ष प्राप्ति में भी विश्वास करने लगे हैं। क्या आपके हिसाब से यह सब सही है?

– संभव समाधान –

माया को पाने की ललक जो आपके मन में है, वही ललक यदि ईश्वर को पाने के लिए जगे, तो कल्याण हो।

दिन-रात का पता नहीं चलता। अपने-परायों को भूल जाते हैं। नाते-रिश्ते सब एक तरफ। सच-झूँठ का अन्तर ही समझ नहीं आता। बस माया मिले तो सब उत्तम-उत्तम है। अन्यथा तो ये जीवन क्या? ये संसार क्या? ये सिद्धांत क्या? सब मिथ्या है। बिना माया के सभी कुछ निःसार है। रिश्तों में प्रगाढ़ता का मरहम पैसा है। जीवन में परम आनंद पैसे के बलबूते पर लिया जा सकता है। संसार की समस्त उँचाइयों को छू जाने की सीढ़ी पैसा है। पैसे से जघन्य पाप भी, पुण्य में बदले जा सकते हैं। मोक्ष भी पैसे के बल पर संभव है।

आज लोगों की नजर में, जीवन की यही सच्चाई है। माया से लिप्त जीवन से अलग हटकर, किसी और जीवन की कल्पना, जैसे एक फिजूल की चर्चा है। माया की बात मन को बड़ी मीठी लगती है। माया के अलावा और बात, हवा में तीर के समान लक्ष्यहीन है।

माया की सीढ़ी लगाकर आप हजार फुट ऊँचा चढ़ जायें। और अचानक कोई ऐसा हादसा हो जाए, कि वह सीढ़ी टूट जाए, फिर भी क्या आप हजार फुट

ऊँचे टिके रह सकेंगे? सीढ़ी का सहारा हटते ही, आप सीधे जमीन पर पड़ेंगे। बिना किसी विलम्ब और रूकावट के। वह भी औंधे मुँह। पलभर में आपकी वह ऊंचाई किस गर्त में पड़कर सिमट जायेगी– समझ पाना मुश्किल होगा।

जीवन की सच्चाई क्या है? और आपने, किसे जीवन की सच्चाई समझ लिया है? माया के बल पर मिलने वाला मान-सम्मान, रिश्ते-नाते, सुख-संसार सब एक भ्रम है। यह एक निर्जीव वस्तु से मिली, क्षणभर की शान-शौकत है। यह कभी एक जीवित आत्मा को, कोई सजीव सुख नहीं दे सकती।

आप माया के लिए बड़े बेचैन रहते हैं। रातभर नींद नहीं आती। मोटी कमाई के लिए सोते-जागते, दिन-रात जोड़-तोड़ बिठाते रहते हैं। ऐसे में आपको भोजन भी बेस्वाद लगता है। पारिवारिक जिम्मेदारियाँ रास्ते का रोड़ा लगती हैं। प्राकृतिक सौन्दर्य आपको कतई नहीं भाता। झरनों का निर्मल और स्वच्छ जल भी आपको बासी लगता है। ऐसे में यदि आपसे कहा जाय, कि थोड़ा उस परमपिता परमात्मा का भी ध्यान कर लो, तो आप परमात्मा के नाम से तो झल्लाते हैं ही, उससे पहले, कई गुना अधिक झल्लाहट उस व्यक्ति पर होती है, जो आपसे ऐसे पाखंड की बात कह रहा है। माया के बिना, कहीं कोई जीवंतता, आपको नजर नहीं आती। बस, मृत माया को पाने का प्रयास, अनवरत, जीवन भर चलता रहता है। वह भी बड़ी तन्मयता के साथ। . . . तो क्या यही जीवन है? क्या यही इस अनमोल जीवन की सर्वश्रेष्ठ उपलब्धि है?

अरे! आपने तो एक ऐसी नारी से ब्याह रचा लिया है, जो दौलत के ठोस जिस्म की बनी है, और जो मोह की चमकदार चूनरी ओढ़े है। यह नारी आपने अपने, मन रूपी घर के बीचों-बीच सजाकर खड़ी कर दी है। और आप दिन-रात, इसके इर्द-गिर्द, चक्कर पर चक्कर लगाये जा रहे हैं।

तो क्या ऐसी नारी के साथ परिणय से, आपका कोई घर बस सकेगा? क्या कोई प्रेमालाप, इसके सानिध्य में रहकर हो सकेगा? क्या कभी आपके वीरान घर में, हँसी के ठहाके गूँज सकेंगे? इस एकतरफा प्रेम में, आप अकेले ही भले हँस लें, दूसरी तरफ से तो कोई प्रतिक्रिया होने वाली नहीं। एक बात जरूर सत्य है, जब यह निर्जीव, माया रूपी नारी किसी और के घर जाएगी, तो आप रोयेंगे खूब। ऐसे ही जैसे, बालक अपने सबसे प्रिय खिलौने के टूटने पर रोता है।

जब बच्चे का बचपन चला जाता है, तो खिलौनों से खेलने का मोह उसका स्वतः ही छूट जाता है। पर आप तो बच्चे से भी गये बीते हो गये हैं, जो माया रूपी खिलौने से खेलने का मोह, अब तक नहीं छोड़ पा रहे। क्यों एक खिलौने

के खेल में खोकर, यह जीवन बिता देना चाहते हो? माया के इस बेकार खेल में खोकर, कैसे इस अनमोल जीवन के वास्तविक खेल को खेल सकोगे?

धुंध के दीप — मानस भारतीय

जैसे हवा का बहाव दिखाई नहीं देने पर भी बड़े-बड़े दरख्तों को धराशाई कर देता है, वैसे ही माया जाल बिना आभास कराए आत्मा का अस्तित्व सहज भुला देता है।

-- ❧ --

40 धरम न जाने कोय

जिज्ञासा

धर्म क्या है?

– संभव समाधान –

. . . जिसे आप आजतक नहीं समझ सके, वही तो धर्म है। धर्म को जानने की बात यही से शुरू होती है। जितने भी लोग धार्मिक होने का दम भरते हैं, उनके हिसाब से कम से कम, उन्होंने तो धर्म को बहुत अच्छी तरह जान लिया है– कि धर्म क्या है? ऐसे लोगों की नजर में, धर्म को जान लेना, एक बड़ी सरल चीज़ है। कुरान उठाया और उसकी आयतें पढ़ लीं। गुरूद्वारे में जाकर गुरूवाणी का श्रवण कर लिया। शिव मंदिर में जाकर मांथा टेक लिया। गीता के अध्याय बखूबी रट डाले। यही तो धर्म है। जिसने गीता के अध्याय रट लिए हैं, वह इसके अलावा और सभी धर्मों को नकार देता है। अर्थात् उसकी नजर में और कोई दूसरा धर्म है ही नहीं। जो केवल शिव मंदिर तक ही पहुँचाना जानता है, उसके जहन में दूसरे धर्मों के लिए कोई आस्था नहीं। और वह कोई दूसरी आस्था जगाना भी नहीं चाहता।

तो क्या अलग-अलग धर्मों के अलग-अलग ईश्वर हैं? और जब अलग-अलग ईश्वर हैं, तो क्या धर्म अलग-अलग देशों में बँट गये हैं? जब ऐसा है तो अलग-अलग देशों के लिए पृथ्वी एक क्यों है? सूरज एक क्यों है? ब्रह्माण्ड एक क्यों है?

बड़ी संकीर्ण सोच है धर्म के बारे में हमारी। कोई अंधा व्यक्ति, हाथी के पैर को पकड़कर हाथी का डील-डौल खम्भे जैसा बता देता है। और जिस अंधे व्यक्ति ने हाथी के कान को टटोल लिया, वह हाथी की आकृति एक बड़े सूप की बताकर, अपने आप को सर्वश्रेष्ठ दृष्टा समझे जा रहा है। अंधों के झुंड में, हाथी का वास्तविक वर्णन, कोई नहीं कर सकता। हाथी का वास्तविक वर्णन तो

वही कर सकता है, जिसने समग्र रूप से हाथी को एक साथ, अपनी आँखों से देखा है। ऐसा दृष्टा ही बता सकेगा, कि हाथी वास्तव में कैसा है? वह न खम्भे जैसा है, न सूप जैसा, हाथी तो, बस हाथी जैसा है।

वैसे ही धर्म कोई नाम, देश या खण्डों में बंटा हुआ नहीं। धर्म तो, धर्म जैसा ही है। ऐसे धर्म की कोई सीमा नहीं। कोई स्वरूप नहीं। ऐसा धर्म कोई पृथ्वी तक ही सीमित नहीं। इसकी व्यापकता तो सारे ब्रह्माण्ड में समान रूप से है। ऐसे ही जैसे, आपके शरीर के रोम-रोम में जीवन की व्याप्तता है। ऐसे धर्म के लिए, पृथ्वी तो कभी पूर्ण हो ही नहीं सकती। पृथ्वी तो ऐसे धर्म का एक अंग मात्र है। ऐसे सर्वव्याप्त धर्म से जब आप जुड़ेंगे, तो ही समझ सकेंगे, धर्म क्या है?

41 फूल बिछाये कांटे चुभते

जिज्ञासा

मैं सब अच्छा-अच्छा करता हूँ पर मेरे साथ हमेशा बुरा ही होता है– ऐसा क्यों?

– संभव समाधान –

आपके साथ हमेशा बुरा ही होता है, यह बात तो समझ आती है। किन्तु यह बात समझ नहीं आती, कि आप सब कुछ अच्छा-अच्छा ही करते हैं। जिसे आप अच्छा कह रहे हैं– सही मायने में– सभी की नजर में क्या वह अच्छा है? या केवल आपने ही उसे अच्छा मान लिया है।

आप अपने बच्चे को पढ़ने के लिए डांटते हैं। या स्कूल जाने के लिए उसे जल्दी जगाते हैं। वह अभी मीठी नींद में है। और जागना नहीं चाहता। फिर भी आप उसे जगा देते हैं। तो आपका ऐसा करना, क्या बच्चे को अच्छा लगता है? चाहे नासमझी ही सही, लेकिन बच्चा आपके इस काम को, अच्छा नहीं समझता। आप अपनी पत्नी को, उसकी गलती के लिए डाँट देते हैं। आपके विचार से, गलती पर डाँटने का काम अच्छा है। लेकिन क्या उस डांटने को, आपकी पत्नी भी अच्छा कहती है? गलती है, लेकिन पत्नी को डाँट बिल्कुल पसंद नहीं। वह आपकी डाँट का सहज उत्तर दे देती है– 'कि आप मेरी गलती पर डाँटते क्यों हैं? यह सब मुझसे सहज शब्दों में भी तो कह सकते हैं।' आप अपना माथ पकड़कर सोचते रहिये। सब अपने-अपने हिसाब से आपको उत्तर दे रहे हैं। कोई बोलकर तो कोई मौन रहकर।

आपने अपने कार्य के स्वरूप का अभी एक पहलू देखा है– और एक पहलू को देखकर आप अपने हिसाब से उसका नाम 'अच्छा' दे रहे हैं। जबकि कोई दूसरा उस कार्य का दूसरा पहलू देखकर, तुरंत उसका नाम 'बुरा' दे रहा है। किसी काम का अच्छा या बुरा नाम दे देने से, काम की वास्तविक स्थिति पर

कोई फर्क नहीं पड़ता। एक काम के, नाम चाहे कितने ही रख दो, वह रहेगा एक ही। जिसे आप जितना अच्छा कहते हैं, हो सकता है कोई दूसरा उसे, उतना ही बुरा कहे। पड़ौसी के घर में मौत का मातम है। आपको इसका पता नहीं है। आप अपने रिकार्डर पर, ऊँची आवाज में, शहनाई का आनंद ले रहे हैं। क्या आपका पड़ौसी आपके इस कार्य को अच्छा कहेगा- चाहे आप अनजाने में ही यह बस कुछ कर रहे हैं। काम की वस्तुःस्थिति तो हर समय एक रहती है– किन्तु उसे अच्छा या बुरा कहना, प्रत्येक व्यक्ति की मनःस्थिति पर निर्भर करता है। गिलास में पानी या पानी में गिलास–इसे दो अलग-अलग तरीके से कह देने से, पानी और गिलास की स्थिति नहीं बदलेगी। गिलास और पानी जहाँ हैं, वे वहीं रहेंगे। अगर कुछ बदलेगा, तो बयान करने का ढंग। जो सकारात्मक भी हो सकता है और नकारात्मक भी।

नदी के बीच खम्भे खड़े कर पुल का निर्माण कर दिया है। पुल के ऊपर से, बहुतेरे लोग, आसानी से नदी पार किए जाते हैं। आप कहेंगे– पुल के खम्भों का बड़ा उपकार है। जो पुल को साधे खड़े हैं। और लोगों को नदी पार कराये जाते हैं। किन्तु इसके साथ यह भी तो सम्भव है, कि खम्भों का नदी के बीच खड़ा रहना, उन जल-जीवों को कतई नहीं भाता हो, जो तेज धार के साथ बहकर आते है, और उन खम्भों से टकराकर, या तो चोट खाते हैं, या अपना रास्ता बदलते है। जिसे आप हित का काम कह रहे हैं, वह किसी के लिए अहित का भी हो सकता है। अर्थात्, काम कोई भी हो, उसकी वस्तुःस्थिति एक होगी। 'अच्छा' या 'बुरा' लोग अपने-अपने हिसाब से कह रहे हैं। ऐसे ही जैसे, उल्लू रात को दिन समझ लेता है, और दिन को रात। क्योंकि उल्लू को रात में ही दिखाई देता है।

मन की सद्प्रेरणा से, कोई भी काम आप करते जायें। किसी भी काम का आप कोई नाम न दें। यह सोचें ही नहीं, कि जो आप कर रहे हैं, वह अच्छा है या बुरा। यह नामकरण करने का श्रेय उनको दें, जिनको ध्यान में रखकर, ऐसे काम किये जा रहे हैं। यदि इस भाव से, आप कोई भी काम करते जायेंगे, तो निश्चित है, आप किसी कार्य के परिणाम से, कभी व्यथित नहीं होंगे। बुरा या अच्छा कहने का लालच, जब तक आप नहीं त्यागेंगे, तब तक ऐसे ही खिन्न होते रहेंगे! गीता का श्लोक इस परिप्रेक्ष्य में सटीक बैठता है। कर्म और फल दो बिल्कुल अलग-अलग स्थितियां हैं। हमारे हाथ में केवल कर्म करना है। हम अपने हाथ से किसी कर्म-फल को नहीं छीन सकते।

42 भरी दोपहरी ठोकर खाये

जिज्ञासा

मनुष्य इतना बुद्धिजीवी होते हुए भी अपने सही मार्ग से क्यों भटक जाता है?

– संभव समाधान –

जिसके स्वभाव में भटकना होता है, वह तो भटकेगा ही। बड़ी या छोटी बुद्धि होने से कोई विशेष अन्तर नहीं पड़ता। या कहें कि, जिसके बुद्धि ज्यादा है, उसके उतने ही ज्यादा भटकने की संभावना है। जिसके ज्यादा बुद्धि है, वह तर्क भी ज्यादा करता है। और ऐसे तर्क, कभी सही, तो कभी गलत भी हो सकते हैं। बच्चे को आप किसी मार्ग पर चलने के लिए कहेंगे, तो वह बिना ज्यादा सोच-विचार किये, सुझाये मार्ग पर चल पड़ेगा। यदि किसी जवान या बूढ़े व्यक्ति को, उस मार्ग पर चलने के लिये कहेंगे, तो पहले सैकड़ों प्रश्न वह आपसे पूछेगा। और फिर भी कोई गारंटी नहीं है, कि आप द्वारा सुझाये मार्ग पर वह चलने भी लगे। ज्यादा बुद्धि ज्यादा तर्क करती है। और ज्यादा तर्क हमेशा घातक होते हैं। इससे मन में अहंकार पैदा होता है। और अहंकार से, मनुष्य का शांत स्वभाव बदलकर, क्रोधी हो जाता है। क्रोधी स्वभाव, मनुष्य की क्रिया-प्रतिक्रिया, और सोच को असंतुलित कर देता है। और यही असंतुलन, सही मार्ग से गलत मार्ग का चयन करा देता है। अत्यधिक तर्क करने वाले व्यक्ति के मन में, अनेक विकार घर कर लेते हैं, और ऐसे ही विकार मौका पाकर अपना असर दिखा देते हैं।

जैसे गुब्बारे को फूटने के लिए, हवा उसके अन्दर ही भरी होती है। या बम को फूटने के लिए, बारूद बम के अन्दर ही होता है। वैसे ही मनुष्य को, उसके मार्ग से भटकाने के लिए, उसके मन में, कुतर्कों से काम, क्रोध, मद मोह, लोभ ये पाँच विकार स्वतः दृढ़ हो जाते हैं। जो मौका पाते ही, मनुष्य को उसके सही

मार्ग से, भटकाने के लिये पर्याप्त होते हैं। इन विकारों की शरण में आये व्यक्ति को, फिर किसी के द्वारा भटकाये जाने की आवश्यकता नहीं है। वह तो ऐसे विकारों की ऊर्जा से स्वयं ही भटकता रहता है।

43 पेट भरे, मन फिर भी खाली

जिज्ञासा

स्वादिष्ट भोजन से पेट तो भर जाता है पर मन नहीं भरता–
ऐसा क्यों?

– संभव समाधान –

. . . क्योंकि पेट में भूख लगती है। और भूख सीमित है। पेट के आकार से भूख बड़ी नहीं। भोजन चाहे स्वादिष्ट हो, या सामान्य, पेट के आकार के बराबर खाने पर, भूख मिट ही जाएगी। भूख मिटने पर, फिर चाहे आप लाख कोशिश करें, अधिक भोजन आप कर ही नहीं सकते। यदि ठूँसने की कोशिश करोगे, तो पेट उसे उगलकर बाहर फेंक देगा।

स्वादिष्ट भोजन से पेट भर जाता है, पर मन नहीं भरता। क्योंकि मन भोजन का भूखा नहीं, मन स्वाद का भूखा है। पेट का आकार है। पर मन का कोई आकर नहीं। पेट में लगी भूख की सीमा है। मन में लगी इच्छा की कोई सीमा नहीं। पर्याप्त भोजन के बाद पेट भर जाता है, मन नहीं भरता। क्योंकि मन की सारी क्रियायें अनियंत्रित हैं। मन में लगने वाली इच्छा की भूख, उससे भी अनियंत्रित। क्षमता से अधिक पेट में यदि जाएगा, तो वह उसे स्वाभाविक तरीके से बाहर कर देगा। मन में, क्षमता से अधिक कितनी भी इच्छायें भर लो, वह सबको बड़े आदर के साथ, संजोकर रखेगा। और सब की पूर्ति के लिये अथक प्रयास भी करेगा।

अच्छे भोजन से पेट भर जाता है। मन नहीं भरता। क्योंकि मन को एक चिन्ता है। फिर कभी ऐसा स्वादिष्ट भोजन मिले या न मिले। अतः सारा भोजन शरीर में भर लिया जाय, तो अच्छा रहेगा। भविष्य की चिन्ता में डूबा मन, कभी नहीं भरता। पेट को भविष्य की कोई चिन्ता नहीं है। अतः वह सरलता से भर जाता है। मन को भविष्य की ही चिन्ता है, अतः वह कभी नहीं भरता। इच्छाओं

के जितने अनियंत्रित पहिये, मन की गाड़ी में लगे होते हैं, वह मन उतना ही, राह भटककर चलता है। कभी कोई मंजिल उसके हाथ नहीं आती। कभी वह संतुष्ट होकर, चैन के दो पल नहीं बिता पाता।

एक पंडित थे। सभी प्रकार की पंडिताई करने का हुनर, उन्होंने सीखा हुआ था। सो रोज कोई न कोई खाने का निमंत्रण, उनको मिल ही जाता था। पंडित जी जहाँ भी पंडिताई के लिए जाते, यजमान पंडित जी से भोजन का अग्रह ज़रूर करते। पंडित जी कभी भी यजमान के घर पर भोजन नहीं करते थे। वह हमेशा, यजमान से दो-चार दिन का भोजन बंधवाकर साथ ले आते थे। पंडित के मन में हमेशा संदेह रहता था, कि कल कहीं से निमंत्रण नहीं मिला, तो बचा भोजन काम आ सकेगा।

पंडित के घर में, कई-कई दिनों तक, भोजन सड़ता रहता था। और जब उसमें दुर्गन्ध आने लगती, तभी वह पंडित उस भोजन को, कुत्ते-बिल्लियों को डालता था। ऐसे सड़े भोजन को कुत्ते-बिल्ली भी खाने से कतराते थे।

पंडित के पेट में भूख नहीं होती थी, पर मन में हमेशा भूख बनी रहती थी। इसी कारण समय रहते, उसके हाथों से भोजन छूटता ही नहीं था।

एक दिन पंडित को कहीं से कोई निमंत्रण नहीं मिला। उसको बड़ी चिन्ता होने लगी। दिनभर दरवाजे पर बैठा, रास्ते की ओर ताकता रहा, किन्तु कोई यजमान निमंत्रण देने नहीं आया। पंडित ने दिनभर कुछ नहीं खाया था इसलिए जोर की भूख उसे सताने लगी। पंडित को एक चिंता और सताने लगी- वह सोचने लगा, यदि कल भी कोई नहीं आया तो क्या होगा?

खैर, जब भूख असहनीय होने लगी, तो उसने सोचा घर में रखा भोजन खा ही लिया जाय। दूसरा विचार आया, किस दिन का भोजन पहले खाया जाय। सारे गुणा-भाग करने के बाद उसने निश्चय किया, जो भोजन पहले आया है, उसे पहले खत्म कर दिया जाय। बाद का भोजन, आगे के दिनों में काम आ जाएगा। पंडित ने तीन-चार रोज पहले का, पूर्णतया बासी हो चुका भोजन, पेट में डाल लिया।

भोजन करने के एक-दो घंटे बाद पंडित को चक्कर आने लगे। और फिर बार-बार उल्टी होने लगी। कुछ ही समय में उसकी हालत मरने जैसे हो गयी। यह हाल जब पड़ौसियों ने देखा, तो उन्होंने तुरंत वैद्य को बुलाया। वैद्य ने जहरीले भोजन का असर कम करने वाली औषधि पंडित को दी। औषधि का

असर होते ही पंडित धीरे-धीरे होश में आने लगा। होश में आने पर वैद्य ने पंडित से प्रश्न किया– "पंडित जी, जब आपके घर में शुद्ध भोजन था, तो आपने बासी भोजन खाकर, अपनी जान को क्यों खतरे में डाला?"

अब पंडित किस मुँह से, अपने लालची मन का बयान वैद्य से करे। वह निरूत्तर, मन ही मन अपने आपको कोसने लगा।

अतः जो सीमायें बाँध लेता है, वह भर भी जाता है। जिसने कोई सीमा नहीं बांधी है, वह सदैव खाली का खाली रहता है। पेट के भर जाने पर, मन के खाली रहने का भी यही कारण है।

धुंध के दीप – मानस भारतीय

शरीर पर जितने अधिक वस्त्र होंगे, काँटों के रास्ते पर उतना ही अधिक तुम अटकोगे। यह निश्चित है।

-- ❧ --

44 नाभी में है अमृत तेरे, क्यों ढूँढ़े कहीं और

जिज्ञासा

> सुख के लिए जितने भी अध्यवसाय मनुष्य करता है, वे सभी मृगमरीचिका के समान छलावा बनकर, एक स्थान से दूसरे स्थान पर भटकते रहते हैं और मनुष्य की सुख पाने की तृष्णा अतृप्त ही रह जाती है। सही सुख क्या है? और इसे कैसे पाया जा सकता है?

– संभव समाधान –

पौद्‌लिक या भौतिक पदार्थों के स्पर्श, आस्वादन, अवलोकन, श्रवण या घ्राण से इन्द्रियों को क्षणिक सुख का आभास जरूर होता है। किन्तु इनको भोगने के बाद वेदना, शोक, पश्चाताप, रूदन, आधि-व्याधि और अन्त में वैर, ईर्ष्या या विरोध जैसे भयंकर दुःख हुए बिना नहीं रहते।

यश, धन, लाभ, पद, प्रतिष्ठा, और न जाने किन-किन रंग-बिरंगे धागों से मनुष्य सुख की चादर बुनता है। लेकिन साथ ही साथ समय की दीमक उस चादर को काटती भी रहती है। अन्त में कुछ भी हाथ नहीं लगता।

सिकंदर, नेपोलियन, हिटलर जैसे सत्तधारी और विश्व-विजेता भी रोते-रोते इस संसार से, अतृप्त इच्छाओं के साथ विदा हुए। तृप्त होकर, खुशी की मुकराहट किसी को उपलब्ध नहीं हो सकी। सब मृगमरीचिका के समान दौड़ते-दौड़ते। ठहर कर कोई न मर सका।

कहा जाता है सच्चा सुख त्याग में है। भोग में कभी नहीं। भोग रोग के समान है। भोग को तुम नहीं भोग सकोगे। भोग तुम्हें जरूर भोग लेगा। भौतिक सुखों की आहूति से, भोग की अग्नि प्रज्वलित होती है। और जितना अधिक आहूति ऐसी वेदी में डाली जाती है, उतनी ही आग अधिक प्रज्वलित होती रहती है। ऐसी आग भोगों से कभी शान्त नहीं हो सकती। इसकी शांति के लिए, त्याग

के छींटे जरूरी हैं। सोने के कितने ही टुकड़े करके देख लो, सुख नाम की वस्तु उसमें कहीं छुपी नहीं मिलेगी।

सुख, मनुष्य के अन्तस्थ को छोड़कर, और कहीं नहीं बसा है। लेकिन मनुष्य का अन्तस्थ में उतरना बहुत कठिन है। जैसे पानी की धार को किसी टीले पर चढ़ाना मुश्किल। यदि एकबार भी मनुष्य, निज में ठहर जाय, तो अन्तस्थ में उतरना सहज हो सकता है। फिर मनुष्य सरलता से समझ सकता है, कि वास्तविक सुख उसके अन्दर ही है। अब तक व्यर्थ में वह इधर-उधर दौड़ रहा था। प्रसंगवश एक घटना का जिक्र है–

किसी धर्मप्रिय राजा ने संत कबीर से प्रार्थना की–

"आप कृपया मुझे संसार-बंधन से छुड़ाओ। अर्थातः वास्तविक सुख की उपलब्धि कराओ।"

इस पर कबीर दास जी ने राजा से कहा–

"राजन, आप तो बड़े धार्मिक हो। प्रतिदिन पंडित से कथा का श्रवण करते हो।"

कबीरदास जी की यह बात सुनकर राजा बोला–

"हाँ महाराज, कथा तो पंडित नियमित रूप से सुनाते हैं। पूजा-पद्धति के विधि-विधान बताते हैं। किन्तु अभी तक मुझे, भगवान के दर्शन नहीं हुए हैं। सांसारिक बंधनों से मुक्तता का अनुभव मुझे नहीं हो सका है।"

कबीरदास जी ने राजा को आश्वासन दिया–

"अच्छा राजन, यदि ऐसा है तो मैं कथा के समय आ जाउँगा।"

समय पाकर कबीर जी राजा के यहाँ पहुँचे। उन्होंने देखा, राजा बड़े शान्त भाव से कथा सुन रहा था। राजा कबीरदास जी को देखकर सम्मान में खड़ा हो गया। कबीरदास जी अपने सरल स्वभाव में राजा से बोले–

"राजन, अगर मुझसे आपको कुछ पाना है, तो आपको मेरी आज्ञा का पालन करना पड़ेगा।"

इस बात पर राज सहज राजी हो गया। वह तुरंत बोला–

"महाराज, तुरंत आदेश करें। मैं आपकी हर आज्ञा मानने को राजी हूँ।"

कबीरदास जी राजा से बोले–

''राजन! मैं तख्त पर बैठूँगा। अपने वजीर को बोल दो वह मेरी प्रत्येक आज्ञा का पालन करें।''

राजा ने यह सुनते ही तुरंत वजीर को आज्ञा दे दी, कि इसी समय से कबीरदास जी इस राज्य के राजा हैं। और जो भी वे आदेश करें, उन आदेशों की अनुपालना तुरंत होनी चाहिए।

कबीरदास जी राजसिंहासन पर विराजमान हुए। राजसिंहासन पर बैठते ही उन्होंने वजीर को आदेश दिया–

''एक खम्भे से राजा को रस्सी से बांध दिया जाय। और दूसरे खम्भे से इस पंडित को कस कर बांधा जाय।''

राजा कबीरदास का यह आदेश सुनते ही समझ गया कि अवश्य इसमें कोई गूढ़ अर्थ निहित है। वजीर को राजा ने इशारा किया कि आज्ञा का पालन हो। दोनों को अलग-अलग खम्भों से बाँध दिया जाय। कबीरदास जी ने अब पंडित को आदेश दिया–

''देखो, राजा तुम्हारे श्रोता हैं, और तुम्हारी कथा वर्षों से बड़ी श्रद्धा से श्रवण करते रहे हैं। मेरी गुस्ताखी के कारण ये बंधे हुए हैं। इन्हें तुम अब बंधन-मुक्त करो।''

इस पर पंडित बोला–

''महाराज, मैं स्वयं बंधा हुआ हूँ। मैं भला उन्हें कैसे खोल सकता हूँ।''

इस पर कबीरदास जी बोले–

''हे राजन! ये पंडित तुम्हारे राज पुरोहित हैं। तुम्हारा फर्ज बनता है कि तुम इन्हें खोलकर बंधनों से मुक्त करें।''

इस पर राजा बोला–

''महाराज, मैं तो स्वयं बंधा हुआ हूँ। मैं पंडित को कैसे खोल सकता हूँ।''

इस पर कबीरदास जी राजा की ओर मुस्कराते हुए बोले– ''राजन, जो खुद बंधा हुआ है, वह दूसरे को क्या छुड़ा सकता हैं। यदि बंधन मुक्त होता है, तो उपाय स्वयं ही करो।''

ऐसे व्यक्ति से क्या मिलेगा, जो खुद ही याचकों की लाईन में हैं। जो स्वयं दुःखी है, वह दूसरे को क्या उपाय बता सकता है, सुखी रहने के। अपना बोझा किसी और पर लाद देने से, आप कभी हल्के नहीं हो सकते। हल्का होना ही है आपको, तो अपना बोझा, स्वयं की पीठ पर लादकर चलने का अभ्यास करो। यहीं से सच्चे सुख की यात्रा का शुभारम्भ होगा। जो बंधनमुक्त है, उसकी सेवा करोगे, तो बंधनों से मुक्त हो पाओगे। और बंधन मुक्त, ईश्वर के अतिरिक्त, कोई और हो नहीं सकता।

बंधे को बंधा मिले, छूटे कौन उपाय।
सेवा कर निर्बन्ध की, पल में देय छुड़ाय।।

45 आत्मा-जो अजर-अमर है

जिज्ञासा

आत्मा, जिसे गीता में अजर-अमर कहा गया है। और 'मैं' के रूप में आत्मा के अस्तित्व को शरीर में अवस्थित माना गया है। संसार में अधिकांश लोग उस आत्मा के बारे में बेखबर हैं। लगता नहीं कभी उन्हें, अपने शरीर में, आत्मा का अनुभव होता होगा। लोग शरीर के लिए तो सबकुछ करते हैं, लेकिन आत्मा के लिए कोई कुछ नहीं करता, ऐसा क्यों?

– संभव समाधान –

आप अपने शरीर के लिए कितना करते हैं, यह कभी आपने नहीं सोचा होगा। प्रातःकाल उठना। नित्य-कर्म करना। नाश्ता करना। कपड़े पहनना। ठंडे-गरम पानी से शरीर को स्नान कराना। दोपहर का खाना। शरीर को टहलाना। सायं का भोजन, आदि-आदि। कुछ घटा-बढ़ाकर, सभी का यही क्रम है। यही सब लोग रोज-रोज करते हैं। दिन भर इन्हीं क्रिया-कलापों को पूरा करते हुए, एक चक्कर सम्पन्न होता है। अर्थात् एक दिन पूरा हुआ।

बस यही है एक दिन। यही है एक महीना। यही है एक वर्ष। और यही है एक जीवन। इससे हटकर कुछ नहीं। यदि कोई इससे अलग हटकर, कुछ करने की सलाह देता है, तो आपको उसका मशविरा कत्तई नहीं सुहाता।

सजने-संवरने, नहाने-खाने के अलावा, और कुछ करने का मन, कभी होता ही नहीं। सार की बात आपको यही लगती है। इसके अलावा सब फिजूल है।

क्या कभी आपने यह सोचा है, जो भी आप कर रहे है, वह किसके लिए है? शायद आप सोचते हैं, यह सब आप, अपने लिए कर रहे हैं। अगर ऐसा सोचते हैं, तो यह सोचना आपका बिल्कुल गलत है। जो आप कर रहे है, वह

अपने लिए नहीं, इस शरीर के लिए कर रहे हैं। मनुष्य जीवन के लिए तो तनिक भी, आप कुछ नहीं कर रहे।

पेट रोज भरता है, रोज खाली हो जाता है। प्यास रोज मिटती है, रोज लगती है। नींद रोज आती है, रोज टूटती है। रोज श्रृंगार करते हैं, रोज बिगड़ जाता है। इन सबको तो आप बड़ी उमंग, और नियमित रूप से करते हैं। जो काम रोज बनता है, और रोज बिगड़ जाता है, उस काम में कभी आपसे कोई चूक नहीं होती। एक दिन के चौबीस घंटे, इस काम में, रोज व्यतीत हो रहे हैं। यह सब किसके लिए। केवल शरीर के लिए ही तो है। उस शरीर के लिए, जो सौ या पचास वर्ष का है। उस शरीर के लिए, जो एक ओढ़नी की तरह, कुछ अन्तराल के पश्चात् तार-तार हो जाने वाला है।

मनुष्य जीवन के लिए तो अभी आपने कुछ किया ही नहीं। शरीर के खिलौने को सजाने के लिए तो सभी उपक्रम किये जा रहे हैं, किन्तु इस जीवन को सजाने के लिए कुछ नहीं। पेट को भोजन देना तो आप एक दिन भी नहीं भूलते। लेकिन आत्मा को शायद एक दिन भी आपने भोजन नहीं दिया। क्या आत्मा को मरने के लिए भूखा छोड़ दिया है? यदि शरीर के पोषण के लिए आप चौबीस घंटे दे रहे हैं, तो आत्मा के पोषण के लिए भी कुछ घंटे देना बहुत जरूरी है।

जीवन सही अर्थों में तभी संवरेगा, जब आप एक दिन के समय में से कुछ समय ध्यान, ज्ञान, भजन, कीर्तन के लिए निकालेंगे। नित्य एक घंटे का समय भी पर्याप्त होगा, उस पूँजी को इकट्ठा करने के लिए, जिसके समक्ष यह सांसारिक पूँजी कुछ भी नहीं है। केवल एक घंटा यदि आप, इस भौतिक शरीर से अलग हटकर आत्म-चिंतन के लिए लगायेंगे, तो निश्चित रूप से आपका जीवन, यथार्थ में सजने-संवरने लगेगा। ऐसा श्रृंगार कभी बिगड़ने वाला नहीं है।

आत्म-चिंतन के लिए, जरूरी नहीं है आप मंदिर जायें, या किसी आश्रम या गुफा में जायें, या किसी प्रवचनकर्ता के सत्संग में सम्मिलित हों। आत्म-चिंतन के लिए तो आपके घर का, कोई भी एकान्त स्थान, चिंतन-केन्द्र हो सकता है। वही स्थान सर्वश्रेष्ठ है, जहाँ बैठकर आप इस शरीर को, अपने आपसे अलग करके, आत्मलीन होने का अभ्यास कर सकें। रोज-रोज का अभ्यास, एक दिन आपको जरूर सच्चा साधक बना देगा। ऐसा साधक, जो जीवन के भौतिक पहलू के साथ-साथ, जीवन के आध्यात्मिक पहलू को भी, बखूबी जी सकने में समर्थ होगा। आत्मा का सबसे बड़ा और पुष्ट भोजन यही है। इसे पाकर आत्मा

निश्चित रूप से तृप्त होगी। जब पड़ौसी साधक बनेगा, तो मैं साधक बनूँगा। इस अनुकरण की आदत से अपने आपको पूरी तरह अलग करें। जहाँ से आँख खुले, वहीं से सवेरा हुआ समझो।

धुंध के दीप – मानस भारतीय

एक वाद्य यन्त्र से खुशी और मातम, दोनों ध्वनि निकाली जा सकती है। ऐसे ही जैसे एक शरीर से पुण्य और पाप कर्म, दोनों ही किए जा सकते हैं।

-- ❧ --

जो जीवन के प्रति जागरूक होते हैं, उन्हें दुनियाँ की फिक्र नहीं, दुनियाँ को उनकी फिक्र होती है।

-- ❧ --

46 सार तत्व विरला ही जाने

जिज्ञासा

यह संसार मिथ्या है

– संभव समाधान –

बहुतों ने कहा और बहुतों ने सुना है, कि संसार मिथ्या है। पर मिथ्या समझता कौन है। सब तो इस संसार के तथ्यों में खोये हैं। सभी ने, संसार के किसी न किसी तथ्य को जकड़ा हुआ है। कोई मोह का तथ्य जकड़े है। कोई माया के तथ्य में लिपटा हुआ है। कोई काम के आनंद में खोया है। कोई मद के ओहदे पर सवार है। सभी, किसी न किसी तथ्य की खोजना में लिप्त हैं। जो तथ्य खोज चुके हैं, वे उन्हीं तथ्यों की क्रमिक श्रृंखला में, और तथ्य ढूँढ़ रहे हैं। उन्हें तथ्य मिल भी रहे हैं। और इन्हीं तथ्यों के आधार पर वे कह रहे हैं– कि संसार मिथ्या कहाँ है?

जो कहता है संसार मिथ्या है। वह मूर्ख ही हो सकता है। संसार को जो मिथ्या कहता है, वह या तो संसार में नहीं रहता, या संसार में बहुत अधिक रह चुका है। उसने तथ्य को खोज लिया है। तथ्य की खोज करने का अर्थ है, आखिरी बिन्दु तक उसको समझ लेना। जैसे किसी किताब के एक-एक अक्षर पढ़ लेना, और उनका पूरा अर्थ समझ लेना।

राह चलते लोग, नारियल का पौधा देखकर कह दें, कि यही नारियल है। तो वे कैसे समझ सकेंगे, उस पौधे में लगने वाले, नारियल के वास्तविक फल को। उस नारियल के फल में पैदा होने वाली 'गिरी' को। अर्थात् जो अधूरे होते है, वे नारियल के पौधे को ही नारियल कह देते हैं। लेकिन जो पूरे हैं, वे नारियल के पौधे के बारे में जाने, या न जाने किन्तु फल को देखकर अवश्य कह देंगे, कि यह नारियल है।

जिसने सार तत्व को जान लिया है, वह नारियल के पौधे की आकृति में कभी नहीं खोयेगा। उसको बहुत ज्यादा इससे कुछ नहीं लेना, कि नारियल का पौधा होता है, या नारियल की बेल होती है। वह तो नारियल के सार तत्व 'गिरी' को देखकर समझ लेगा कि यह नारियल है। ऐसे ही ज्ञानी पुरूष, संसार सारवान है या मिथ्या– उसके अंतिम परिणाम को देखकर जान लेते हैं। और समझ लेते हैं, कि नश्वर संसार में, सार तत्व क्या है। और मिथ्या क्या है। संसार कुछ हद तक सारवान भी है, और कुछ हद तक मिथ्या भी। एक संतुलित सोच, इस विषय पर बना कर रखना, श्रेष्ठ होगा।

47 खुद को जब खुद ही धःकियाये

जिज्ञासा

वास्तविक पतन आदमी का कब होता है?

– संभव समाधान –

जब आदमी अपनी नजरों में ही गिरने लगे, तो समझो उसका वास्तविक पतन होने लग गया। और व्यक्ति अपनी नजरों से तब गिरता है, जब वह ऐसे कार्य करने लगता है, जिन्हें वह अपने लिए सपने में भी नहीं चाहता।

नजरों में गिरने का एहसास, कभी-कभी व्यक्ति को, वरदान भी साबित हो जाता है। एक अद्‌भुत घटना, उसके जहन में घटती है, स्वयं की नजरों में गिरते ही। और वह हमेशा-हमेशा के लिए, ऐसे सभी अधर्म के कार्यों का त्याग कर देता है। महात्मा वाल्मीक को जब पता चला, कि उसके पाप-कर्मों में, न उसकी पत्नी साथ है, न उसके बच्चे, तब उसने जाना, कि सभी पापों का फल उसे सवयं ही भोगना है। फिर क्यों वह दिन-रात पाप किये जा रहा है। इसी घटना ने वाल्मीक के हृदय को झकझोड़ दिया। और पलक झपकते ही, जो मन पाप कर्मों में वर्षों से लिप्त था, वह मन हमेशा-हमेशा के लिए संत स्वभाव का हो गया।

व्यक्ति का वास्तविक पतन वही से आरम्भ होता है, जहाँ उसका अन्तःकरण पाप कर्म को उसके समक्ष रख दे, और फिर भी वह, उस कार्य को पाप कर्म नहीं मानते हुए, उसकी बेहिचक पुनरावृत्ति करता जाये। व्यक्ति अपने प्रत्येक कर्म की पहचान, अपने मन के दर्पण में देखकर कर सकता है। समस्या वहाँ होती है, जब मन के दर्पण में, कर्म की प्रतिछाया तो स्पष्ट काली दिख रही है, किन्तु स्वार्थ की आँख, उसको सफेद देखने के लिए बाध्य कर देती है। यही वास्तविक पतन की प्रथम खाई है।

धुंध के दीप — मानस भारतीय

तुम जब दूसरे का दोष देखते हो तो अपना गुण अवश्य भूल जाते हो।

-- ❧ --

अंधे से ज्यादा वह आँख वाला अंधा है, जो खुली आँख होने पर भी कुंए में गिरता है।

-- ❧ --

48 ना कोई नीचे ना कोई ऊपर

जिज्ञासा

जो आज शिखर पर है, कल वह तलहटी में, और जो आज तलहटी में है, कल वह शिखर पर होता है। ऐसा क्यों?

– संभव समाधान –

क्योंकि, शिखर और तलहटी की ऊँचाई-नीचाई का अन्तर, एक निश्चित जगह खड़े व्यक्ति की आँखें कर रही हैं। वही व्यक्ति यदि, शिखर पर खड़ा होकर देखेगा, तो शिखर भी उसको तलहटी के समान ही दिखाई देने लगेगा। और यदि वही व्यक्ति, तलहटी को एक गहरी खाई में उतर कर देखेगा, तो नजारा बिल्कुल विपरीत होकर, तलहटी भी शिखर के समान दिखाई देगी।

तो न कोई, तलहटी में आने पर छोटा हो जाता है, और न ही शिखर पर जाने से बड़ा। जो बड़ा है वह हर हाल में बड़ा ही रहता है। चाहे वह नीचे हो या ऊपर। और जो छोटा है, वह जहाँ भी होगा, छोटा ही रहेगा।

आप वैभव को शिखर और अभाव को तलहटी मान रहे हैं। यह कोई ऊंचाई-नीचाई नहीं है। यह तो धन-दौलत की ऊँचाई-नीचाई है। मनुष्य और उसके व्यक्तित्व की नहीं। व्यक्ति के स्तर की नाप-तौल आप धन-दौलत के पैमाने से कर रहे हैं। इस पैमाने से क़िसी का व्यक्तित्व नहीं, वास्तविक रूप से उसके पास की दौलत या वैभव ही नापा जा रहा है।

खजूर के शिखर पर लगने वाला फूल, तालाब की गहराई में खिलने वाले कमल के फूल से, कभी बड़ा नहीं हो सकता है। गुलाब के पौधे में, एक फूल उसकी चोटी पर खिलता है, और एक बिल्कुल नीचे की डाल पर। जब दोनों को तोड़कर आप किसी टोकरी में रख देते हो, तो क्या फिर बता सकते हो, कि ऊँची डाल पर खिला गुलाब कौन सा था, और नीचे की डाल पर कौन सा? वैसे ही

धन–दौलत का वैभव, शिखर पर चढ़े व्यक्ति से अलग कर दोगे, तो तलहटी और शिखर पर खड़े दो व्यक्तियों में, अन्तर करना मुश्किल हो जाएगा।

एक ठेला खींचने वाला व्यक्ति, पाँच रोटी बड़े आनंद से चटनी के साथ खाकर चैन की नींद सोता था। उस व्यक्ति के जीवन में अचानक अपार सम्पत्ति आ गई। दौलत आने पर उसके शरीर में बहुत सारी बीमारियाँ हो गयी। जैसे आम होता है। अब उस व्यक्ति को दस सब्जियों के साथ दो रोटी भी नहीं भाती थी। वह व्यक्ति अपने बीते दिनों की याद करके बड़ा दुःखी रहने लगा। बार–बार उसको यही ख्याल आता, कि पहले वह पांच रोटी खाता था, और वह भी चटनी के साथ। उसमें जो आनंद आता था, अब तो वह सवादिष्ट भोजन में भी नहीं आता। कितना स्वादिष्ट और स्वास्थ्यवर्धक होता था वह भोजन। जहां इस शरीर की भूख मिटाने के लिए, पाँच रोटी भी कम लगती थी, आज दो रोटी भी पहाड़ जैसे लगती है। मन में जमाने भर के क्लेश पैदा हो गये सो अलग। क्या लाभ हुआ इस धन का। इसके आने से मन विकृत हुआ सो हुआ, शरीर में भी अनेक विकार आ गये।

एक दिन उस व्यक्ति को बड़ा गुस्सा आया, अपने इस बदतर होते हाल पर। और वह व्यक्ति सारी धन–दौलत छोड़कर कहीं दूर चला गया। उसने वही ठेला खींचने का कार्य पुनः आरम्भ कर दिया। महीने–पंद्रह दिन मेहनत की, तो शरीर के सभी विकार पसीने के साथ बह गये। उसको फिर वही, चटनी के साथ रोटियाँ खाने में बड़ा आनंद आने लगा।

आप ऐसे व्यक्ति को एक पागल ही समझेंगे, जो दौलत के शिखर से फिसलकर, एक ठेले वाले जीवन की तलहटी में आ गिरा। किन्तु यह आपकी सोच है। यह अन्तर आपकी अपनी बुद्धि कर रही है। वह व्यक्ति अपने हिसाब से कब तलहटी में था, और कब शिखर पर था, सही आंकलन तो वही कर सकता है। क्योंकि वह दोनों दौरों से भलीभाँति गुजरा है। वह व्यक्ति तो ठेलेवाले जीवन को ही शिखर कहेगा, जहाँ उसका मन निर्विकार और तन स्वस्थ रह सका हो। मनुष्य का सही शिखर तो उसका अपना आनंद है। वह आनंद जहां मिलता रहे, वही उसके लिए शिखर है।

49 एक नहीं अनेकों जीवन

जिज्ञासा

किसी को मरते हुए देखता हूँ तो मुझे अपनी मृत्यु का भी ख्याल आ जाता है। यह सोचकर मैं काँप जाता हूँ, एक दिन मुझे भी अपना अनमोल जीवन त्यागना पड़ेगा। इस जीवन से मुझे इतना मोह क्यों है?

– संभव समाधान –

. . . क्योंकि अपने मान लिया है कि यही जीवन सबकुछ है। न पहले कभी जीवन हुआ, और न आगे कभी जीवन होगा। जो भी है, आपके हिसाब से यही है। इसे खोने की अनुभूति होते ही मन काँप जाता है। यह जीवन खोया तो फिर क्या होगा? यही सोच जीवन के प्रति मोह का कारण है।

एक व्यक्ति है। बड़े परिश्रम से उसने रकम इकट्ठी की। उस रकम को वह, कपड़े की पोटली में बाँधकर, शरीर से चिपटाये फिर रहा है। शरीर से अधिक उसे हर समय उस पोटली का ख्याल रहता है। यदि उस पोटली को, कोई छीनने की कोशिश करेगा, तो वह अपनी जान की बाजी लगाकर भी, उसे छिनने नहीं देगा। शरीर चला जाय, पर उसकी पोटली नहीं जानी चाहिए। यही विचार ऐसे व्यक्तियों के मन में भी बना रहता है। चाहे जो भी हो, जीवन नहीं जाना चाहिए। जैसे उस व्यक्ति को, पोटली से मोह का करण नहीं मालूम, वैसे ही ऐसे लोगों को जीवन के प्रति मोह का पता नहीं।

सांसारिक सुखों को भोग करने के लिए जीवन जरूरी है। जीवन नहीं होगा, तो सांसारिक भोगों का भोग कैसे हो सकेगा। ज्ञानहीन मनुष्य भौतिक संसार के भौतिक सुखों को ही, जीवन की सार्थकता समझे है। उसे खबर नहीं कि इस जीवन के बाद भी कोई और जीवन जीना है। यदि उसे यह पता हो कि आगे भी जीवनों की एक श्रृंखला है। और उस श्रृंखला से समय-समय पर

गुजरना है। तो फिर उसका मोह इस जीवन से न्यून हो जाएगा। वह फिर अगले जीवन के बारे में भी सोचेगा।

ऐसे ही जैसे किसी व्यक्ति के पास, धन की एक नहीं अनेक पोटलियाँ हों। वह फिर कभी एक पोटली के पीछे अपनी जान नहीं देगा। उसे पता है, अगर एक पोटली उसकी खो भी गयी, तो और पोटलियाँ तो शेष रहेंगी। जब मनुष्य को भी यह ज्ञान हो जाता है, कि उसको एक नहीं अनेक जीवन जीने हैं, तो वह एक जीवन के लिए ही अंधा नहीं बना रहता। फिर वह सभी जीवनों के लिए जागृत होकर जीता है। जो व्यक्ति जितना ज्यादा अन्य जीवनों के बारे में जागृत है, वह उतना ही इस जीवन से विरक्त है। जीवन के प्रति अत्याधिक मोह का यही कारण है।

50 मुश्किल पार न पाइये

जिज्ञासा

मैं मुश्किलों से जूझता हूँ पर मुश्किलें कम नहीं होतीं।

– संभव समाधान –

आप मुश्किलों से जूझते ही कहाँ हैं। जूझना कह देना बड़ा आसान है, पर सही अर्थों में जूझना बड़ा कठिन। बहुत कम लोग हैं जो मुश्किलों से जूझे हैं। उन्होंने भूलकर भी मुश्किलों को मुश्किल नहीं कहा। मुश्किल कहा भी तो औरों ने ही।

अभी आपने मुश्किलों से जूझने वाले देखे नहीं। मुश्किलों से जूझी थी मीराबाई, जिसे मारने के लिए जहर का प्याला दिया गया था। अपनों के द्वारा। वह भी उसकी आँखों के सामने। मुश्किलों से जूझे थे भक्त प्रह्लाद। जिसे मारने के लिए, उसके पिता ने ही गर्म लोहे के खम्भे से बाँधने का निश्चय किया। मुश्किलों से जूझी थी द्रोपदी। जिसे अपनों के द्वारा, अपनों के बीच भरी सभा में, बेपट करने का प्रयास किया गया।

आपने तो बड़ी आसान चीज को ही मुश्किल नाम दे दिया। उनके बारे में सोचो जिन्होंने मुश्किलें होने पर भी मुश्किलों को मुश्किल नहीं कहा। यह सोच कर आपको बड़ा आत्मबल मिलेगा। आप अभी कहाँ जूझे हो ऐसी मुश्किलों से। आप तो अपने स्वार्थ से जूझते रहे हो अभी तक। स्वार्थ सिद्ध नहीं हो रहा, तो उसे मुश्किल समझ बैठे। और जब निःस्वार्थ मुश्किल से जूझे ही नहीं, तो हल किसका चाहते हो। व्यापार में लगातार घाटा लग रहा है। संतान आपके विचारों के अनुसार काम नहीं कर रही। पत्नी का व्यवहार आपके प्रति प्रेमपूर्ण नहीं है। पड़ौसी आपको बेवजह तंग करता है। ये सब मुश्किलें आपकी स्वार्थ जनित हैं। जीवन के सामान्य उतार-चढ़ाव को ही आपने मुश्किल मान लिया है। जब आप निःस्वार्थ होकर मुश्किल से जूझोगे, तो मुश्किल कभी आपके सामने नहीं आएगी,

ऐसा हमारा मानना है। और आई भी तो, आप उसको कम से कम, मुश्किल नाम न दे सकोगे।

धुंध के दीप — मानस भारतीय

आँखों के सामने तुम जितना उजाला देख रहे हो, उससे कई गुना अधिक अंधेरा अपनी आँखों के पीछे समझो।

-- ❧ --

51 जीवन है आधार जगत का

जिज्ञासा

जीवन दृष्टा है, संसार दृश्य या फिर संसार दृष्टा है, जीवन दृश्य। किसका कौन आधार है, कृपया प्रकाश डालें?

– संभव समाधान –

जीवन का आधार क्या है– ये संसार या जीवन। दो चीज बिल्कुल अलग हैं। ऐसे ही जैसे, हम कह दें– पहाड़ का आधार क्या है? पत्थर या पहाड़। आँखों से दोनों चीजें एक साथ दिखाई देती हैं। लेकिन वास्तविकता क्या है। पहाड़ से पत्थर हटा देंगे, तो फिर भी क्या पहाड़ दिखाई देगा? पत्थर हटाने के बाद क्या पहाड़ शेष रहेगा। या पत्थर इकट्ठे कर देंगे, तो क्या पहाड़ हो सकेगा। पहाड़ से, पत्थर अलग कर देने से, एक चीज बिल्कुल खत्म हो जाती है– जो पहाड़ है। पत्थर है तो पहाड़ है– वैसे ही जीवन है तो संसार है। संसार का आधार जीवन है, जीवन का आधार संसार नहीं। जीवन होगा, तो पहाड़ के समान, संसार की भी एक शक्ल होगी।

तो संसार का आधार जीवन है। न कि जीवन का आधार संसार। संसार से जीवन को अलग कर देंगे, तो संसार मिट सकता है। लेकिन जीवन फिर भी रहेगा। ऐसे ही जैसे पहाड़ को पत्थर से अलग कर देगे, तो पहाड़ मिट जाएगा, पत्थर फिर भी रहेगा। जहाँ-जहाँ पत्थरों का समूह होगा, वहाँ-वहाँ पहाड़ की शक्ल बनेगी। वैसे ही जहाँ-जहाँ जीवन होगा, वहाँ-वहाँ संसार की रचना होगी। यह स्वयं सिद्ध है। संसार से अलग होकर कभी जीवन मिटता नहीं, जैसे पहाड़ से अलग होकर कभी पत्थर नहीं मिटता।

तो जीवन का आधार संसार नहीं है। जीवन का आधार जीवन ही है। चाहे वह जीवन मानव रूप में, हो या अन्य जीवनों के रूप में। अलग-अलग सब जीवों का अपना-अपना संसार है। और सभी जीवन, अपने-अपने संसार में मुक्त होकर, अपने-अपने तरीके से जीते हैं।

कभी ध्यान से देखो, तो समझ आएगा कि मनुष्य के अलावा अन्य जीवों में मोह भाव बहुत कम होता है। कुत्तों की जाति का कोई कुत्ता मर जाये, तो कुत्तों का समूह कभी उस मरे कुत्ते के पास खड़ा नहीं होगा। जैसे एक आदमी के मरने पर, आदमियों का समूह इकट्ठा होकर रूदन करता है। मरे हुए कुत्ते को देखकर, जीवित कुत्ते ऐसे दूर चले जाते हैं, जैसे वह जीव उनकी जाति का है ही नहीं।

तो मोह ही वह बंधन है जो मानव रूपी जीव को इस संसार में जकड़े है। मानव का यह मोह सजीव वस्तुओं से कम, निर्जीव वस्तुओं से ज्यादा है। मोह के लिए जो भी उपादान हैं, उनका स्रोत यह संसार ही है।

तो आपने जीवन का आधार किसे मान लिया- मोह को। और मोह के लिए सामग्री कहाँ से जुटाई- इस संसार से। तो फिर आपके जीवन का आधार, आपका अपना जीवन नहीं, ये संसार हो गया। और इन्हीं सांसारिक वस्तुओं के मोह में, आप ऐसे डूब गये, जैसे लोहे की नाव, सागर की गहराई में डूब गयी हो। जो खींचने पर भी उस गहराई से नहीं निकलती। उसे गहराई में पड़े-पड़े, सागर के खारे जल में गलकर, मिट जाना मंजूर है, लेकिन बाहर आना मंजूर नहीं।

मति कितनी उल्टी हो गयी है। ऐसे संसारी जीवों को कोई धर्म-प्रसंग भी नहीं सुहाता। जैसे पत्थर पर कीला ठोकने से, कीला कभी पत्थर के अन्दर नहीं जाता, उसी प्रकार सद्पुरूषों के उपदेश भी, ऐसे सांसारिक मोह-माया में डूबे, जीवों के हृदय में नहीं समाते।

धुंध के दीप — मानस भारतीय

मनुष्य जागता हुआ सच्चाई से उतना ही दूर होता है, जितना नींद में रहते हुए सच्चाई के करीब।

घर बैठे मोती मिले

बोध–संचारिका

आध्यात्मिक–धार्मिक–सामाजिक–नीतिगत विचारों की रूचिकर सम सामयिक पत्रिका

बोध–संचारिका एक पत्रिका ही नहीं अध्ययन–मनन और अनुगमन के लिए एक साधना भी है। विचारों की एक–एक बूँद, अमृत के समान, आपको तृप्त कर सकेगी, ऐसी मुझे आशा ही नहीं विश्वास भी है। '–मानस भारतीय' की अधिकाधिक रचनायें नियमित रूप से पत्रिका के द्वारा आप तक पहुँचायी जाती हैं। मेरा सुधी पाठकों को सुझाव है, पत्रिका नियमित रूप से घर बैठे प्राप्त करने हेतु, स्थाई सदस्य बनेंगे तो उत्तम होगा। घर बैठे समय पर पत्रिका प्राप्त कर, आप सपरिवार सद्विचारों से, अविरल लाभान्वित हो सकते हैं। सधन्यवाद।

संपादक

बोध–संचारिका